# 땅콩일기

# 땅콩일기

## ❸

글 · 그 림 쩡찌

아침달

## 2부

## 3부

# 1부

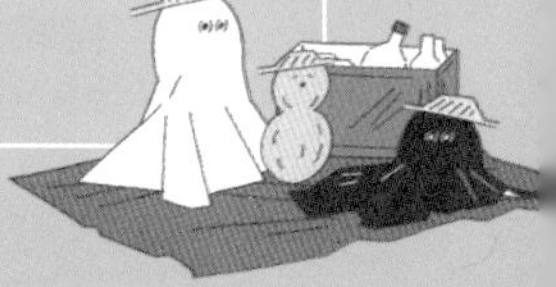

뭐라고 할까.

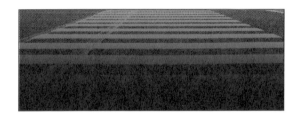

세상은
대체로
좀 별로다.

인간
사랑하고

인간은
대체로
좀 별로다.

대체로
별로임을

누구든
알고 있거나

모두가
눈치챌
것이다.

그래도
나는 비밀로 하고 싶다.

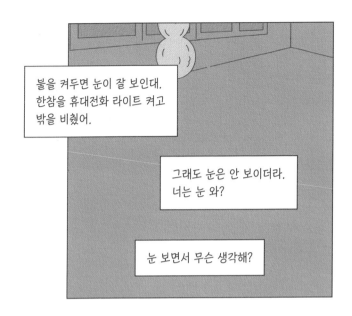

불을 켜두면 눈이 잘 보인대.
한참을 휴대전화 라이트 켜고
밖을 비췄어.

그래도 눈은 안 보이더라.
너는 눈 와?

눈 보면서 무슨 생각해?

추워도 추워도
계속 그러고 있었어.

눈 오면 산책을 하자.
몇 시라도.

그렇게 메시지를 보내두었는데
아직 답은 없고.

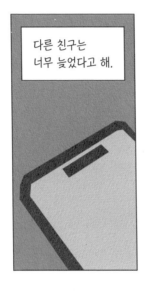

다른 친구는
너무 늦었다고 해.

그렇지 다들 아침이
내일이 있지.
나는 눈만 있었다.

세상에 눈이랑
너만 남았다.
너는 눈 와?

사람 둘이 팔짱을 끼고 지난다.

저러면 눈을 어깨로 받겠네.

눈 내린 차 뒤창에 낙서를 하고 싶어.

엉뚱하고 유치하고
하나도 멋지지 않고 그래도

누구도 상처 입지 않는
그런 낙서를.

그러다 뒤를 돌면
너가 웃고 있고

눈이 아무리 내려도
흐려지지 않는
그런 웃음을

나는 깜박깜박
지켜보다가

그러다
눈 그친 어느 날에

도무지 집에 돌아온 기억이
나지 않았으면.

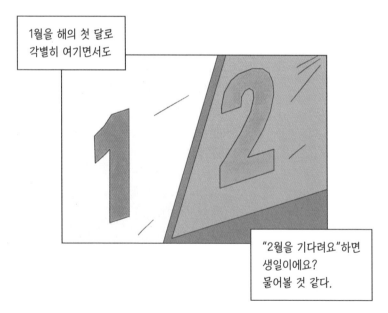

"1월을 기다려요"하면

새해죠.
무슨 좋은 계획이라도 있나 봐.
내년에 좋은 일이 있나 봐.

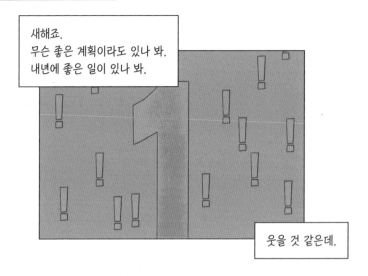

웃을 것 같은데.

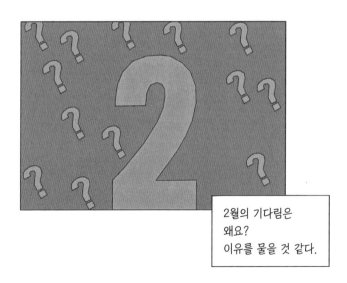

2월의 기다림은
왜요?
이유를 물을 것 같다.

벌써 2월이구나.

2월을 초대 안 한
달로 여길 때 있었어.

그래도 당연히
오는 녀석이라고.

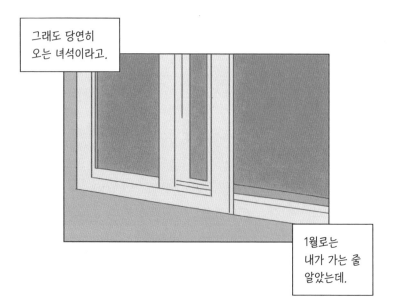

1월로는
내가 가는 줄
알았는데.

2월은 그냥
다른 달보다 조금 짧아서
안타깝고 웃긴 애.

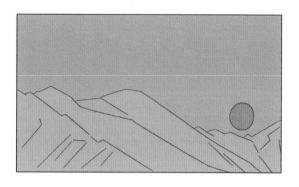

안타까워서
불합리한 화도
내보는 애.

가끔 하루가 더 있어서
썰물이면 드러나는 섬처럼
신기한 애.

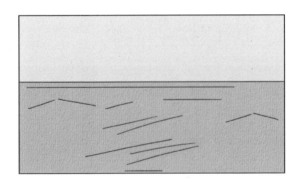

밀물이면
잘 잊는 애.

2월은 1월의 잘못이 있어도
기다려주는 애.

마음대로 너그럽게 생각하고
2월의 마음은 잘 안 헤아렸어.

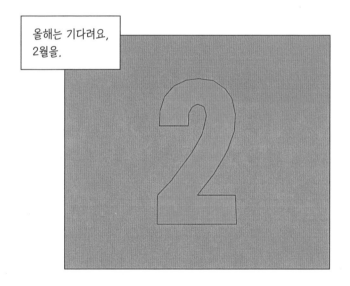

올해는 기다려요,
2월을.

2월의
마음을.

사랑의 폭을 손으로 잴 수 있다고
믿었던 시절이 있었지.

나를 얼마만큼 사랑해?
그러면 팔을 벌리고

하늘만큼 땅만큼

하지만 그것은
하늘도 아니고
땅도 아니야.

그것은 아주
나이가 많은 나무야.

오래된 나무의
둘레를 재듯이
그렇게

사랑이
둥그런 것이라고
믿는구나.

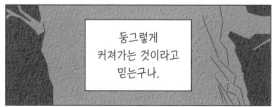

둥그렇게
커져가는 것이라고
믿는구나.

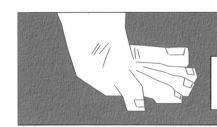

우주를 다 걸어서 갈 수 있다고
믿었던 시절이 있었지.

내 손 한 뼘은 17센티이고
발 크기는 240밀리야.

그러니까 열 번을 가면
240센티지.

침대는 200센티이고
어디에 놓을 건데.
조심조심.

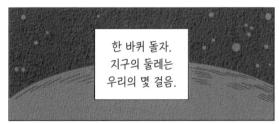

한 바퀴 돌자.
지구의 둘레는
우리의 몇 걸음.

네 몸이 세계의
일부인 것을

우리 몸의 연장이
세계인 것을

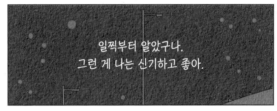

일찍부터 알았구나.
그런 게 나는 신기하고 좋아.

이제는 몸으로
길이를 크기를 재지 않는다.
나는 그게 서운할 때가 있다.

나는 나에게 싫은 게 많았다.

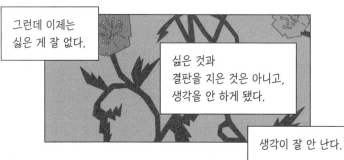

그런데 이제는
싫은 게 잘 없다.

싫은 것과
결판을 지은 것은 아니고,
생각을 안 하게 됐다.

생각이 잘 안 난다.

싫은 것이
많았다는 것도
어렴풋한
기억이 됐다.

굳이 떠올려본
싫은 것들도

싫지 않다면 좋겠지만
싫다고 해서
아주 못 살 것은 아니다.

나와 남을 훼손하지 않는다면.

남은 함부로 말할 수 없는 것이고, 자신은 살아오며 알았다.

나는 잘 훼손되지 않는다.

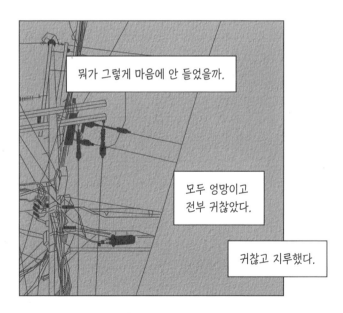

뭐가 그렇게 마음에 안 들었을까.

모두 엉망이고 전부 귀찮았다.

귀찮고 지루했다.

다시 생각하면
귀찮고 지루한 것이 아니라
울적하고 두려웠던 것 같다.

울적함을 지루함으로,
두려움을 귀찮음으로 뭉개왔다.

그렇게 뭉개는 것도
나에게 싫은 점 중 하나였다.

이제는 별로 나쁘다고
생각하지 않는다.

나름대로 살기 위한
눈가림이었을 거야.
울적과 두려움보다는
지루하고 귀찮은 것이
더 살 만하니까.
그건 견딜 수 있으니까.

이 요리에는 버섯이 들어가고요,
또 향신료는 이런 것이 들어갔군요.

그런 걸 정확히 맞추는
미식가에게 감탄한 적 있다.

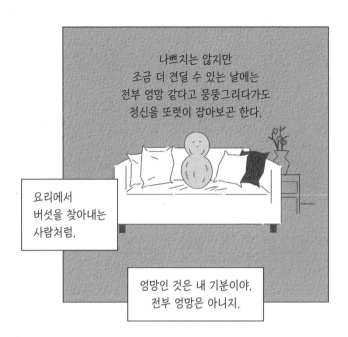

나쁘지는 않지만
조금 더 견딜 수 있는 날에는
전부 엉망 같다고 뭉뚱그리다가도
정신을 또렷이 잡아보곤 한다.

요리에서
버섯을 찾아내는
사람처럼.

엉망인 것은 내 기분이야.
전부 엉망은 아니지.

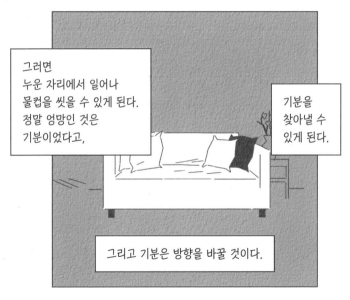

그러면
누운 자리에서 일어나
물컵을 씻을 수 있게 된다.
정말 엉망인 것은
기분이었다고,

기분을
찾아낼 수
있게 된다.

그리고 기분은 방향을 바꿀 것이다.

싫은

너무 피곤하면 몸이 말을
밖으로 밀어낼 때가 있어.

그러면 말이 많아진다.

남은 기운을 모두 써버리고
깨끗해지겠다는 듯이.

그런데 사지는 곤하여 말을 잘 안 듣고,
입이나 손가락만 겨우 움직여 재잘대본다.

타인을 용서하는 일이
꼭 나를 사랑하는 일이
되지는 않았던 일.

그러나 어떤 용서는

시도하는 일로 내 인간성의
희망이 되어주었던 일.

그러나 이제는
흙 속에서 진주를
찾아내는 일이
쉽지 않아.

그게 놀이처럼
느껴지던 때도 있었지만

빈 껍데기만 들고도
하하 웃던 때가 있었지만

이제는 기운이 모자라다.

누워만 있고 싶다.

또 그런 게 밀려 나와.

아무도 나를 소외하지 않았는데

나 혼자 소외감을 느낄 때가 있었어.

그러면 너무 미친 사람 같지.

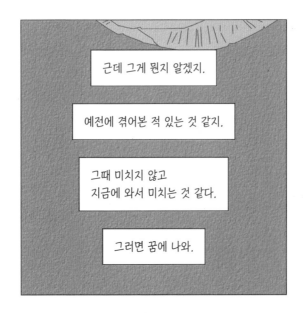

근데 그게 뭔지 알겠지.

예전에 겪어본 적 있는 것 같지.

그때 미치지 않고
지금에 와서 미치는 것 같다.

그러면 꿈에 나와.

꿈에 나와서
나는 주먹을 휘둘러.
주먹이 꼭 맞지는 않아.

그래도 속이 시원했어.

그게 내 밖의 나 같아서.

내 밖의 나가
진짜 같다고 느끼면서.

병원에 가도,
어떤
심리테스트를
할 때도·

내가 아는 나로
나를 설명해야만
한다는 점이
너무 답답했어.

처음 뵙는군요.

나를 몰라서
찾아왔습니다.

그런데 이 세계에서
나를 설명할 사람은
나뿐이군요.

내가 처음이
아닌 사람은
나뿐이군요.

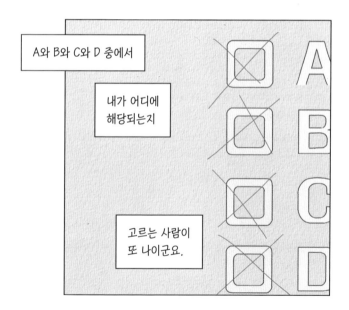

A와 B와 C와 D 중에서

내가 어디에
해당되는지

고르는 사람이
또 나이군요.

나를 설명해주실 분 없나요?

내가 아는 나는
내가 아는 나뿐인데.

신뢰할 수 있나요?
내가 더 있지는 않나요?

내가 아는 나가 내가 아니면요?
내가 나를 오해하고 있으면 어쩌지요?

또 불안이 되지.

오해가 오해를 부르면요?
그래서 통제가
불가능해진다면요,
어떡하지요?

또 나를 믿는 수밖에는 없는 거지.

나와 내가
교탁 앞으로 나와

악수를 하는 거지.

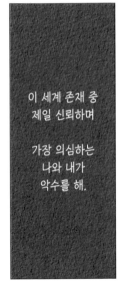

이 세계 존재 중
제일 신뢰하며

가장 의심하는
나와 내가
악수를 해.

그걸 꿈이 뛰어넘어줄 때가 있었다.

눈을 뜨면 내가 뛰어넘은 것들은
와르르 납작한 이불 모양이 되어 있고
겨우 조금 부풀어 있다.

자고 일어나서는 한마디도
하지 않을 때가 많아.

나는 가끔만 느끼는 사람.

관심이랄 게 별로 없지만
그래도 떠올려보자면
내 관심사는
일상을 회복하는 일이었던 것 같다.

슬픔으로 망가진
내 일상을 되돌리는 일.

희고 환한 과거의 일상

지난 일상의 빛을
이쪽으로 끌어오는 일.

흰 빛은 흐리고
나는 첨벙이는 기분을 느껴.

그러나 헤엄치면
닿을 수 있을 것 같은

즐거운 나의 집으로.

그래서 일상을 되찾는 일이
나를 되찾는 일이 된다고 여기면서.

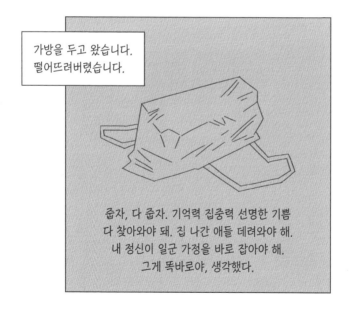

가방을 두고 왔습니다.
떨어뜨려버렸습니다.

줍자, 다 줍자. 기억력 집중력 선명한 기쁨
다 찾아와야 돼. 집 나간 애들 데려와야 해.
내 정신이 일군 가정을 바로 잡아야 해.
그게 똑바로야, 생각했다.

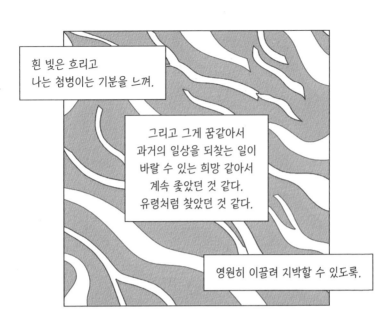

흰 빛은 흐리고
나는 첨벙이는 기분을 느껴.

그리고 그게 꿈같아서
과거의 일상을 되찾는 일이
바랄 수 있는 희망 같아서
계속 좇았던 것 같다.
유령처럼 찾았던 것 같다.

영원히 이끌려 지박할 수 있도록.

지갑처럼 계단처럼 옛날에
우리가 맛있게 먹었던 그거,

그거처럼.

지금은 잃었지만 돌아올 거야.
만날 거야.

나는 겨울이야.
와야 하는 것은 봄이야.
계속 기다리면서.

기다리는 일을 할 수 있다는 게
또 좋았다.

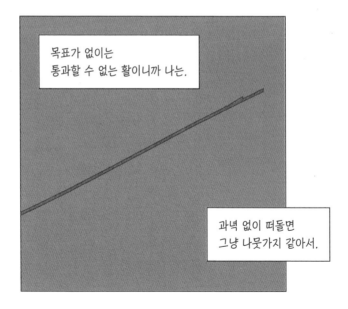

목표가 없이는
통과할 수 없는 활이니까 나는.

과녁 없이 떠돌면
그냥 나뭇가지 같아서.

내가 아는 미래에 순순히 복종.

즐거운 나의 집에서 만나자.

돌아갈 곳을 집이라고 부르기.

모든 계획은 돌아가는 길의
완곡한 비유.

과거에는 진짜가 있다고.

모든 가라앉은 보물이
그런 것처럼.

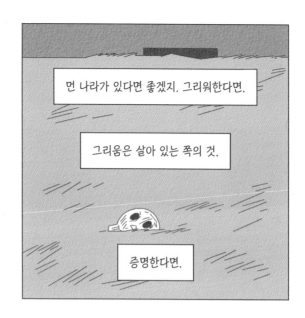

먼 나라가 있다면 좋겠지. 그리워한다면.

그리움은 살아 있는 쪽의 것.

증명한다면.

"몇 년 전으로 돌아갈래?" "열다섯 살이요."
그런 걸 정확하게 말하는 게 좀 징그러워졌다.

그러면서 머릿속으로 되감아봐.
되감을 때는 세상에서 제일 빠른
혼잣말 소리가 난다. 웃기다.

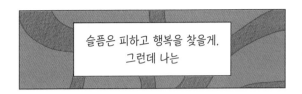

슬픔은 피하고 행복을 찾을게.
그런데 나는

행복하면서 슬프게 된 지
오래인 것 같습니다.

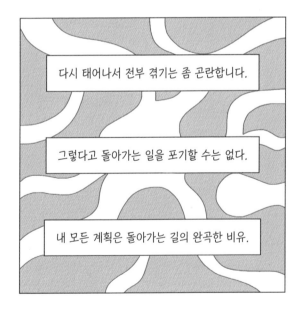

불을 바라보는 일처럼.

다시 태어나서 전부 겪기는 좀 곤란합니다.

그렇다고 돌아가는 일을 포기할 수는 없다.

내 모든 계획은 돌아가는 길의 완곡한 비유.

영원한 행복이라는 말은
이제 은유 같다.

사진을 잃은 펜던트 목걸이 같다.

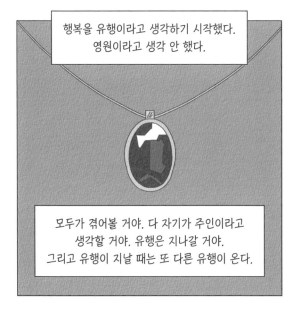

행복을 유행이라고 생각하기 시작했다.
영원이라고 생각 안 했다.

모두가 겪어볼 거야. 다 자기가 주인이라고
생각할 거야. 유행은 지나갈 거야.
그리고 유행이 지날 때는 또 다른 유행이 온다.

그런 방식의
행복은
어떤가 하면

도달하면서
쓸쓸한 기분.
불을 바라보는
일처럼.

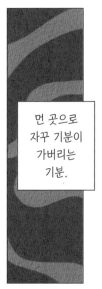

먼 곳으로
자꾸 기분이
가버리는
기분.

돌아와. 기분의 집은 나이다.

순순히, 복종.

행복을 유행이라고 생각하면서부터
내 몸에 걸치기에 쉽고 어려워졌다. 그래도

어색하지 않게 된 게 좋았다.

과거를 그리워하는 게 싫었다.
왜냐하면 지금의 내가 가여워서.
미래지향적인 인간이
더 좋아 보여서.

그런데 우리가 모두 미래로만 향한다면

이제 과거의 내가 가여워지면 어떡해?

가여운 쪽으로 자꾸자꾸
마음을 기울이는 내가 진절머리 났다.

미래로 가고 싶어.

언제나
미지의 행복에

다가가는
모험가가
되고 싶어.

지도에 없는
행복을 찾는다면

사실 내가 가지고 싶었던 것은
행운이었다는 것을
인정하게 될까?

과거를 그리워하는 게 싫었지만
행복과 즐거움은
과거에 있는 것 같고

그것은 행복도 즐거움도
겪어야 알 수 있기 때문에,
겪는 일은 필연적으로
지나가는 일이기 때문인 것 같다.

즐거운 나의 집을 생각하면
먼 나라의 기분.
희고 첨벙이는 건물 같지만 사실은

지금 내가 앉아 일기를 쓰는 곳이고
나는 내 집이 어색하지 않다.
그런 게 위로가 된다. 불을 바라보는 일처럼.

행복도 행운도 모두
즐거운 나의 집에 있어라.

내가 있어 즐거운 집 되어라.

봄에는 다짐이랄 것이 없고 날씨만 있다.

그게 좋다.

왜 세상 글씨의 대부분은 검정이고
검정이 쉽게 읽히게 되어버렸을까.

눈이 편안을 느끼는 건 초록이래.

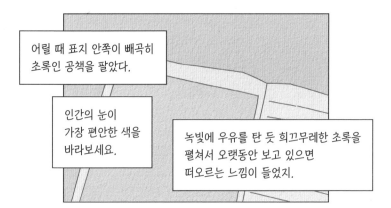

어릴 때 표지 안쪽이 빼곡히
초록인 공책을 팔았다.

인간의 눈이
가장 편안한 색을
바라보세요.

녹빛에 우유를 탄 듯 희끄무레한 초록을
펼쳐서 오랫동안 보고 있으면
떠오르는 느낌이 들었지.

봄은 온통 초록이고
잘 읽힌다.

그래서 모두
얇은 옷을
입고 있나 보다.

떠오르기에
좋은 옷이다.

봄이다.

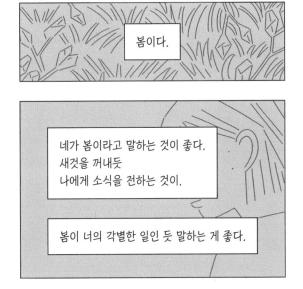

네가 봄이라고 말하는 것이 좋다.
새것을 꺼내듯
나에게 소식을 전하는 것이.

봄이 너의 각별한 일인 듯 말하는 게 좋다.

봄에는 그게 좋다    

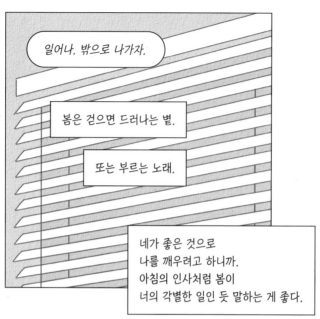

일어나. 밖으로 나가자.

봄은 걸으면 드러나는 볕.

또는 부르는 노래.

네가 좋은 것으로
나를 깨우려고 하니까.
아침의 인사처럼 봄이
너의 각별한 일인 듯 말하는 게 좋다.

그게 나는 귀엽고 좋아.

일어나지 않아도 좋겠지만.

봄에 겁이
나는 것은
여름뿐이야.

서서히 덤벼.

겨울에는 허공을
자주 올려다봤어.

내가 납작한 기분도
좋겠지만.

지금은 멀고 높은 곳에서
초록을 내려다보고 싶다. 날씨를.

그게 좋다.

봄에는 다짐이랄 것이 없고 날씨만 있다.
그게 좋다.

자연의 풍경 앞에서
나는 마음을 느끼고

마음을 느끼면 사람이 되고

사람을 전부 지우고 싶다.
사람은 투명해졌으면 좋겠다.

자연만이 남았으면 좋겠다.

그것은 풍경에게 풍경을 돌려주기.
빌린 것을 돌려주듯 당연한 일 같고.

전부 빌리기만 한 것이라면
나는 어디에 있어도 되는 건지.

어쩌면 내가 가진 불안은
사람으로 태어나 당연한 것이라고.

근데 나는 가끔 나만 사람 같아.

나만 사람 아닌 것 같아.

분명히 동시에 누군가 태어났는데.

잎사귀를 꽃잎을
전부 쌍둥이라고
생각한 적 있었지.

전부가
형제라고
생각하면

소외되는 잎이
분명히 있을 것이다.

세상에
단둘이 남더라도
탈락이 있을 것이다.

나는 가끔
혼자서도
탈락을 느낀다.

그런 것을 생각하는 내가
봄의 온도를 조금 낮추게 된다면.

봄에 혼자 추웠어.
오늘 친구가 내 머리를 잡고 말했지.

이렇게 작은 것에
뭐가 그렇게 많이 들어 있을까?

그러게 응. 지워질까?
작아서 지워져버릴까? 그렇게 될까?

묻고 싶은 마음을
투명하게 만들고.

봄에 추운 사람

비 소식이 있고
그렇다면 꽃이 지겠네.

꽃이 지겠네.
그것이 봄의 걱정이고

봄의 걱정은 대체로 짐작대로 된다.

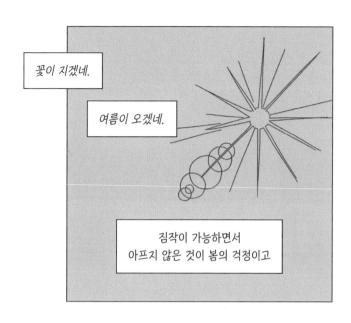

어제는 걷는데
가로등을 다 꺾는 상상을 했다.

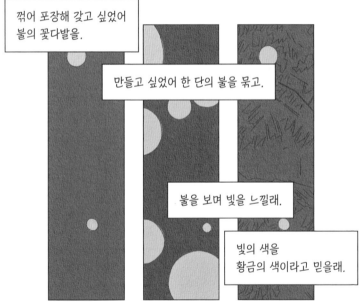

꺾어 포장해 갖고 싶었어
불의 꽃다발을.

만들고 싶었어 한 단의 불을 묶고.

불을 보며 빛을 느낄래.

빛의 색을
황금의 색이라고 믿을래.

믿을래.

울적할 땐 울적하고
기쁠 땐 기쁘고
그게 삶이지.

나는 둔감의 축적이 싫다.
절대로 그렇게 되지 않겠다.

울적에 의젓하지 않은 나의 민감이 좋다.

너는 뭐가 문제야?

문제를 생각하면 그것은
검정 글씨로 되어 있다.

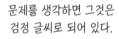

물음은 주로 단정한
복장을 하고 찾아오지만

답하려는 내 마음은
진창이 되는 때가 많아.

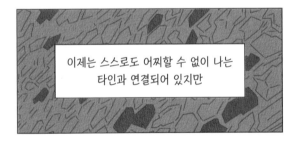

이제는 스스로도 어찌할 수 없이 나는
타인과 연결되어 있지만

타인의 삶을 결코, 모두 이해하지 못할 거고
이해를 바라지도 않으리란 것이
절대로 풀 수 없는 문제처럼 느껴졌어.

나는 외로움을
잘 느끼지 않지만…

누군가에게는
그것이 외로움이
될 수도 있겠다 싶어.

그리고 그 외로움을 나는
전부 이해하진 못할 거야.

그렇다면 그게 또 문제가 되겠네.

나는 문제가 때로 무서워.
풀리지 않은 채로 영원히 사로잡힐까 봐.

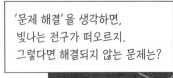

'문제 해결'을 생각하면,
빛나는 전구가 떠오르지.
그렇다면 해결되지 않는 문제는?

빛이 없는 캄캄한 곳에 있었던 적 있어.

손을 뻗으면 닿을 수 있는 천장이
내 머리 위에 있는 것 같았어. 그리고 언제든
내 몸을 누를 준비를 하고 있는 것 같았지.

나는 뭐가
문제일까?

문제를 들고
우두커니 있을 때

비탈에 선 듯
몸이 기울 때

그러나 분명
무슨 일이니?
살펴주는 이가
있을 거야.

그러면 모르는 일이 전부
두려움이 되지는 않을 거야.

모르는 일이
내가 받을 다정의
가능성이 될 거야.

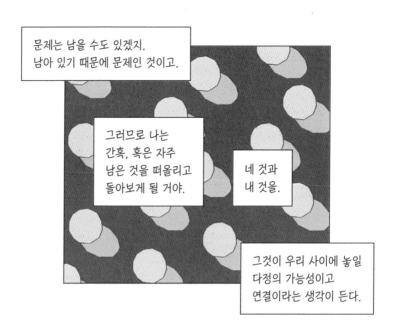

문제는 남을 수도 있겠지.
남아 있기 때문에 문제인 것이고.

그러므로 나는
간혹, 혹은 자주
남은 것을 떠올리고
돌아보게 될 거야.

네 것과
내 것을.

그것이 우리 사이에 놓일
다정의 가능성이고
연결이라는 생각이 든다.

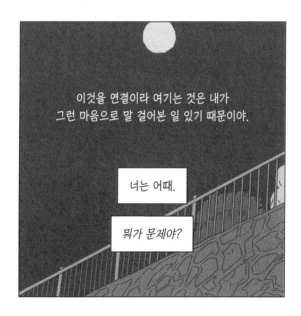

이것을 연결이라 여기는 것은 내가
그런 마음으로 말 걸어본 일 있기 때문이야.

너는 어때.

뭐가 문제야?

아프지 않은 삶도 있다고 생각해.

아픔 없는 것이 전부인 사람이 있고
일부인 사람이 있는데,

나는 후자인 거지.

그냥 점박이로 태어난 것 같아.

아니면 살면서
없던 얼룩이 자라거나.

그러나 여전히 친근한 강아지처럼

무늬가 있구나. 생겼구나.
그러고 말아.

그러면 좀 수줍고
느긋하게 웃기고 그래.

날씨가 좋은데

너무 졸리다.

옥수수랑 보리차 먹고 막 졸았다.

날씨가 좋으면
나가야 하는데
친구들 다 나가서 노는데

나는 누워 졸았어.

막 날씨를 낭비했어.

그게 좋아.

나는 별로
낭비할 수 있는 게
잘 없었으니까.

날씨가 나를
가난하게 만들지를 않는

그게 좋아.

나 |

일을 하다가 목 안쪽에서
턱으로 차오르는 것이 있어
무엇인가 했더니 눈물이었고
가만 누웠다.

무엇인가.

무엇인가.

이 눈물은
무엇일까?

많이 이전에.

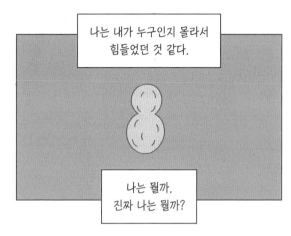

나는 내가 누구인지 몰라서
힘들었던 것 같다.

나는 뭘까.
진짜 나는 뭘까?

아프지는 않은데

큰 소리를 내고

괴로웠고

주눅 들고

잘 웃었고

그러다 급히
충돌한 듯 슬펐고

너무 많은 감정이
느껴지지 않았고

무관심하고

호기심에 곤잘 졌고

자주 하늘에
맹세를 했고

돌아와 바닥으로
꺼져 누웠고

춥지 않았고

세심하다가

금방 땀을
흘리고

또 둔하게
흘려보내는 것들이
있었다.

그러다가 모든 것을
시시하게 여기게 됐다.

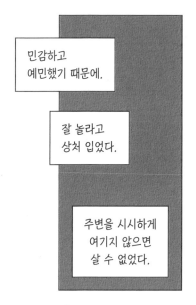

민감하고
예민했기 때문에.

잘 놀라고
상처 입었다.

주변을 시시하게
여기지 않으면
살 수 없었다.

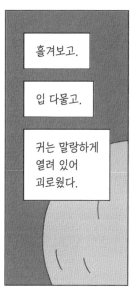

흘겨보고.

입 다물고.

귀는 말랑하게
열려 있어
괴로웠다.

동시에
나는 금세
다정한 눈빛을 했고

어느 날은
말을 너무
많이 하고

제대로
듣지 못했다.

재미있고 슬픈 나는

하도 이러다가 저러다가 해서

이런 나도
저런 나도

내가 아닌 것
같았다.

이런 나와 저런 나 사이를
오가느라 분주하면서

많은 세계를
만날수록
나는 고유했다.

나는 너무
나였다.

그 점이
외롭지는
않지만
어려웠다.

일어나 조금 또 울었다.
계속 그려본다.

모든 것을
시시하게 여기다가

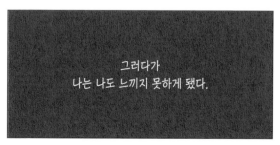

그러다가
나는 나도 느끼지 못하게 됐다.

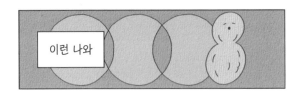

이런 나와

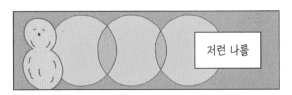

저런 나를

더는 생각하지 않게 됐다.

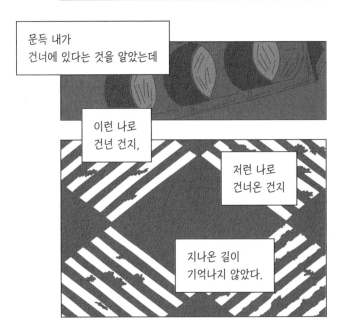

문득 내가
건너에 있다는 것을 알았는데

이런 나로
건넌 건지,

저런 나로
건너온 건지

지나온 길이
기억나지 않았다.

여전히 나는
재미있고 슬프고

그런데

이렇지도
저렇지도 않고

나는 내가 궁금한 건지,
궁금하지 않은 것인지조차
느껴지지 않고.

떨어지는 중인 걸까?
멈추어 있는 것일까?

알 수 없고.

무엇인가.

무엇인가.

나를 짐작하던
시간이 있었는데.

그게 나에게 있었는데.

나는 나를 만지지도
부수지도 않게 됐다.

내가 누구인지 몰라서,

알 수가 없어서

몰두했던 내가 그리웠다.

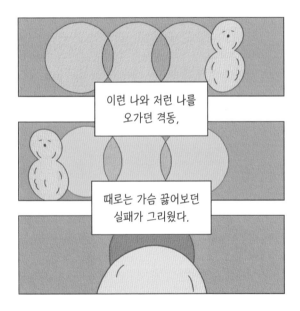

이런 나와 저런 나를
오가던 격동,

때로는 가슴 끓어보던
실패가 그리웠다.

나는 오가지도
머뭇대지도 못하는 사람이 됐다.

그러면서 나는
나를 떠날 수도 없었다.

나는 나이니까.

그리움 또한 나는 잊게 됐다.

나는 자주 느끼지 못하고
가끔만 느끼며
무엇을 느끼지 못하는지조차
잊는 사람이 됐다.

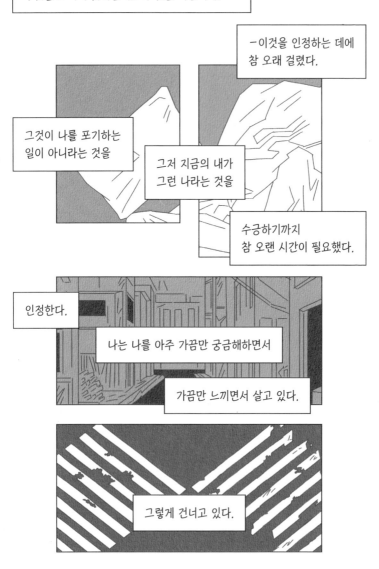

"지금의 나는 자주 느끼지 못하고 가끔만 느끼며 무엇을 느끼지 못하는지조차 잊는 사람이다."

－이것을 인정하는 데에 참 오래 걸렸다.

그것이 나를 포기하는 일이 아니라는 것을

그저 지금의 내가 그런 나라는 것을

수긍하기까지 참 오랜 시간이 필요했다.

인정한다.

나는 나를 아주 가끔만 궁금해하면서

가끔만 느끼면서 살고 있다.

그렇게 건너고 있다.

격동 대신 유동으로,

여러 군데를 가로지르고

때로는 상처 입지도
회복하지도 않으면서

흘러 흘러 여기에 있다.

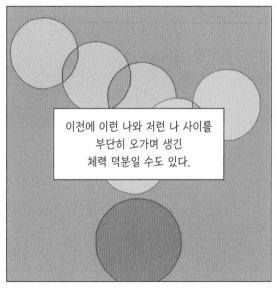

이전에 이런 나와 저런 나 사이를
부단히 오가며 생긴
체력 덕분일 수도 있다.

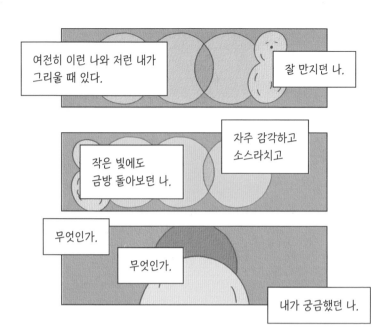

여전히 이런 나와 저런 내가
그리울 때 있다.

잘 만지던 나.

자주 감각하고
소스라치고

작은 빛에도
금방 돌아보던 나.

무엇인가.

무엇인가.

내가 궁금했던 나.

내가 나를 조금 더
의식해준다면 좋겠지만

꼭 그런 일이
일어나지는 않는다.

언젠가는 이런 나와 저런 나를
또 만날 수도 있겠지.

만나지 않아도 좋다.

그러나 마주치게 된다면
반가이 알아볼 수 있도록

밝은 곳으로
기울어보는 것이다.

나는 새로워진다.

나는 자주 느끼지 못하고 가끔만 느끼며
무엇을 느끼지 못하는지조차 잊는 사람이다.

새로운 나는 나다.

아침에 일어나서 흐린 하늘을 보는 것은
기쁘지도 슬프지도 않은 일이다.

오후가 되어 날이 갰고,
오전과 오후 중 무엇이
더 낫다는 생각은 안 들었다.

비가 오면 우산을 들어야 하고,
볕이 강하면
그늘을 골라 걸어야 한다.

비가 와서 네 생각이 났어.

그런 가사를
여러 번 들었다.

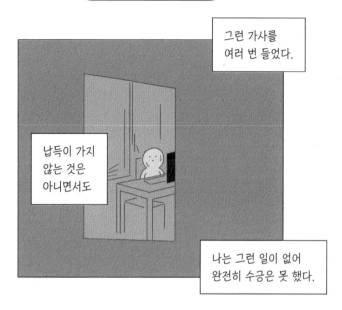

납득이 가지
않는 것은
아니면서도

나는 그런 일이 없어
완전히 수긍은 못 했다.

달이 너무 가깝거나
도무지가 불가능한 빛을 뿜으며
해가 기울 때

그런 때에 하늘 좀 보라고
친구들을 메시지로
보채기는 하지만은

그날그날의 기상이라는 것이

대단한 기억이나
그리움을 불러오지는
않는 것 같다.

기상의 집합이 계절이라면,
계절에 늘 새삼스러우면서도 그렇다.

비가 와서 네 생각이 났어.

이렇듯 짐작으로는
닿을 수 없는 마음이 있고

살아가며 내가
몇 개의 마음들을
배우게 될까.

손을 넣어 만져보게 될까.
그중 몇 가지나 기억하게 될까.

안타깝지는 않으나
미지가 주는 아쉬움은
조금 가져보게 됐다.

왁 웃었더니
흠뻑 젖었다.

그런 계절이
오고 있다.

그리움이 사랑보다
강해지지 않도록 조심하면서.

주말은 참 좋았지.
누워서 있으니까 더 좋았다.

어디든 갈 수 있을 것 같아.
아무 데도 안 갈 거지만.

나는 그런 가능성을 가지고
굴려보는 게 좋아.

입 속의 얼음처럼.

너무너무 덥다.
덥다가 비 많이 왔다.

자연의 힘은 거대하고
내 힘으로 어쩔 수 없지만
아무 굴욕도 주지 않는다는 것이 좋다.

나는 창피를 잘 느끼는 사람이니까.

그런데 이렇게 쓰면서 또

누구에게는 계절이 굴종의 일이 되겠지.

나는 너무 안전한 세계에서
희게 있구나.

그게 부끄러움이 됐다.

내가 모래 장난을 하고 있을 때
누구는 불에 가까이 있을 것이다.

그리고 너무 부끄럽지만
이런 생각을 멈추고 싶지는 않다.

지난 평일에 일하다가
갑자기 여름휴가
너무 절실이라는 생각 들었고

휴가가 단순히 더위를 피하는 것이 아니라
멈춤 없는 인생에서 잠시간 비껴가
쉬어보려는 처절한 시도임이 눈물나버렸네.

휴가가 휴하고
(도망)가보는 일이 된 게.

일기 그리고 있는데
갑자기 일도 생활도 너무 멀다.

방금 밥도 먹고
낮잠도 자보고 그랬는데.

손을 넣어 껴안으려고 하면
통과되는 유령 같은

너는 뭐가 될까?

멀다.

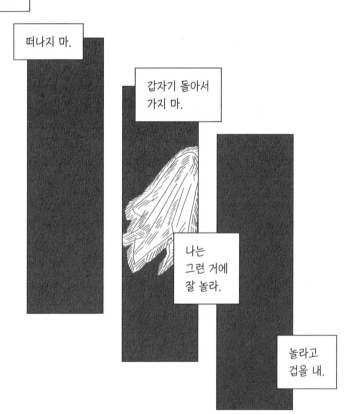

떠나지 마.

갑자기 돌아서
가지 마.

나는
그런 거에
잘 놀라.

놀라고
겁을 내.

일도 생활도 나에게 다정하기를
바랄 수는 없더라도

조금 넉넉하게 대해준다면.

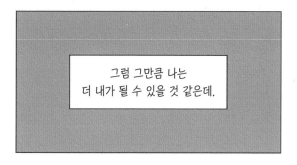

그럼 그만큼 나는
더 내가 될 수 있을 것 같은데.

그만 쓴다.

지난밤에는 월요일더러
잠깐 어디 앉아서 쉬었다 오라 했다.

얼핏 다정한 말이나

아침에 일어나자

내 다정이 속셈을 가지고,
나 아닌 무엇을 움직이거나
제지하려 한 것에 부끄러웠다.

나는 내 다정이 용도 없기를 바란다.

그저 다정하는 일이고 싶다.

그런 면에서 내 다정은
나를 위해서만 다정한 듯도 하다.

월요일이 아랑곳 않고
제시간에 꼭 맞추어 온 것이 다행이다.

여행은 포항으로 다녀왔다.

예상을 뛰어넘은 맑은 날씨와
친절한 사람이 있었다.

이렇게 종종
친구들을 만나고,

먼 곳으로 가고

집으로 온다.

이것이 나의 일상이므로
집으로 온 것을 복귀라고
부르기에는 적절치 않다.

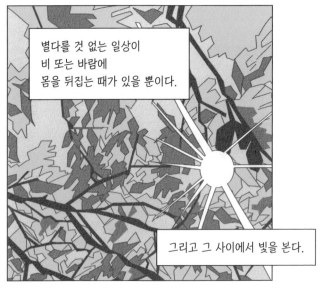

별다를 것 없는 일상이
비 또는 바람에
몸을 뒤집는 때가 있을 뿐이다.

그리고 그 사이에서 빛을 본다.

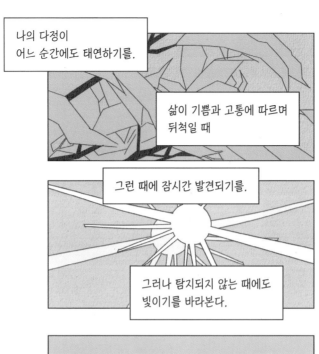

나의 다정이
어느 순간에도 태연하기를.

삶이 기쁨과 고통에 따르며
뒤척일 때

그런 때에 잠시간 발견되기를.

그러나 탐지되지 않는 때에도
빛이기를 바라본다.

포항의 바다는 빛이 많이 났다.

비가 그치지 않는다.

예전에는 곧 장마겠구나,
하면은 장마가 왔다.

이제는 장마에 들어서고 나서야
장마를 안다.

장마는 예측이
어려워진 걸까?

내가 예보에
둔감해진 걸까.

알 수 없다.

적당히 알고 지내던 아이가 있었다.

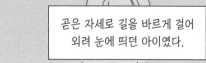

곧은 자세로 길을 바르게 걸어
외려 눈에 띄던 아이였다.

그 애의 옆에선 괜히 나도
등과 허리를 고쳐 걷게 되었고
건강한 기분이 들어 좋았다.

그런데 비가 오던 날,

그 애와 우산을 함께 쓰고 걷는데
그 애의 걸음걸이가 평소와 달랐다.

미묘하게 똑바르지를 못하고
자꾸 아래를 봤다.

자기도 신경이 쓰이는
모양이었다.

고인 물웅덩이를
피하는 것일까?

시간이 지나며 그 애와는
자연스럽게 연락을 하지도
만나지도 않게 됐다.

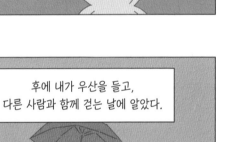

후에 내가 우산을 들고,
다른 사람과 함께 걷는 날에 알았다.

저보다 키가 훨씬 작은 나에게
우산 높이를 맞추느라
자기 시야를 다 가리고 걸었던 것을.

종일 내리는 비를 보다가
그 애 생각이 났다.

오랜 시간이 지났지만 그 애의
곧게 편 등, 가지런한
발걸음이 눈앞인 듯 또렷했다.

몹시 신기한 선명이었다.

그리고 아차 했다.

내가 마음을 줬구나.

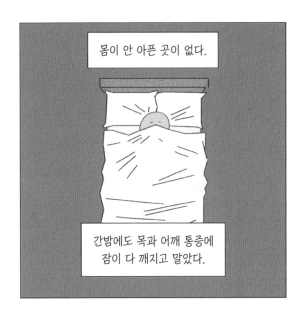

몸이 안 아픈 곳이 없다.

간밤에도 목과 어깨 통증에
잠이 다 깨지고 말았다.

몸이 아프니
마음이 구부정
오그라붙는다.

짜증이 늘고
바로 곁의
친구에게도
마음 쓰기
쉽지 않다.

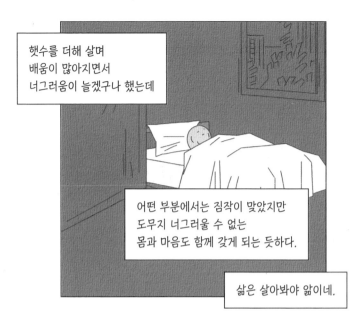

햇수를 더해 살며
배움이 많아지면서
너그러움이 늘겠구나 했는데

어떤 부분에서는 짐작이 맞았지만
도무지 너그러울 수 없는
몸과 마음도 함께 갖게 되는 듯하다.

삶은 살아봐야 앎이네.

*건강한 인간관계란 무엇일까?*

지난달 친구의 물음에
건강한−인간관계 (△)
건강한 인간−관계 (○)라
혼자 답해본 일 있다.

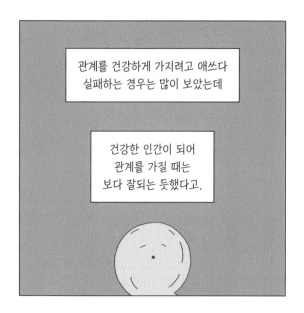

관계를 건강하게 가지려고 애쓰다
실패하는 경우는 많이 보았는데

건강한 인간이 되어
관계를 가질 때는
보다 잘되는 듯했다고.

그때는 마음 건강을
염두에 둔 말이었는데

몸 건강하기도
참 잘해봐야지,

몸 튼튼하게 잘 펴서
가지고 있어야지.

뜨거운 것을 먹는 것이 좋다.

오늘도 밥 볶아서
거의 불을 먹듯 했다.

뜨거운 음식이 위장에는
참 안 좋다고 하는데.

물도 밥도 뜨겁게 하여
떠넘기듯 삼키다가

꼭 커피에
얼음을 한 알
타서 건네주던
사람이 생각났다.

참 꼼꼼한 사람이었다.

물건 하나를
대강 놓는 일이 없었다.

수저는 가지런히
사용하기에
좋게 놓아주고

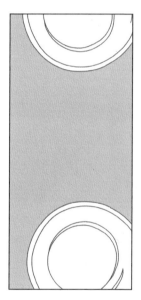

물컵은 왼손잡이에게는
왼쪽으로,
오른손잡이에게는
오른쪽으로 두었다.

길바닥 어디서든
나를 깨끗하고
밝은 곳에 앉혔고

어두운 곳에서는
꼭 열린 공간을
볼 수 있게끔
자리를
깔아주었다.

관대하면서도 흐릿하지 않고
분별이 있었다.

상황에 맞추어
좋은 것과
좋지 못한 것을
골라내었고

가려 나눌 때의 힘이
믿기지 않도록
부드럽게 권하곤 했다.

그게 나와는 멀어서 막연했고

이렇듯 막연한 사람과
구체적인 관계를 쌓는 것이
믿기지가 않아

집에 돌아와서도 무슨 이야기를 했는지
어떤 얼굴을 했는지
사물이나 사람이 잘 생각이 안 났다.

다정한 사람을 만나는 일은
여러 번 겪어도
무뎌지지 않는 감격이 있었고

시시각각의 아름다운 하늘을 둔 듯
큰 의미가 되어주었다.

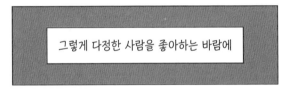

그렇게 다정한 사람을 좋아하는 바람에

혹 그 사람이 마음을 쓰게 될까,

들키지 않게 꼭꼭 뚜껑을 닫고
절절 끓어보는 마음도 배우게 됐다.

애착할수록
두려웠고

불을 삼키듯.

여러 번 마음을 누르며
뜨거워했다.

이불속처럼
푹 잠겨 있고 싶었지만

벗어나야 하는 때가 있었고

한 사람 밖의 세상이
더욱 춥고 쓸쓸했다.

서서히 가을로 기우는가 싶더니 또 무덥다.

유난히 씩씩하게 걷는 사람이
커다란 가방을 어깨에 걸고 있었다.

대강 주머니에 휴대전화나
쑤셔 넣고 다니는 나에게도
큰 가방을 들고 다니는 친구가 몇 있다.

친구의 큰 가방에서는 아무거나 다 나왔다.
가방 속에 작게 접은 가방을
또 넣어 다니기도 했다.
그러면서 뭘 자꾸 빠뜨렸다고 했다.

내 보기에는 가방에
집이랑 사람 빼고
다 들어가 있는 거 같은데.

너의 가방에는
도무지 불가능이
없는 것 같은데.

그게 다 필요한 거라고,
하나하나 설명하는 게
귀엽고 재밌었다.

갑자기 "야, 이거 좋아."하면서
저 좋은 걸 와르륵 꺼내는 것도 재밌었다.
(이미 다 꺼낸 거 같은데 또 뭐가 나왔다)

그러면서 한편으로는

저 큰 가방 속 것들이
다 네 불안인가 싶어
마음이 쓰였다.

이게 없으면 어떡해
저게 없으면 어떡해

혹시가 하나둘 모인 그게
다 네 걱정이고 불안일까 봐.

그러나

내가 두고도 다닐 수
있을 만큼의 불안을
두고 다니는 것처럼

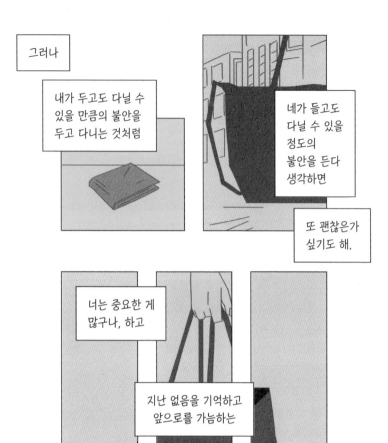

네가 들고도
다닐 수 있을
정도의
불안을 든다
생각하면

또 괜찮은가
싶기도 해.

너는 중요한 게
많구나, 하고

지난 없음을 기억하고
앞으로를 가늠하는

네 가방에는 정말로
불가능이 적네, 싶어.

신기하게 내 큰 가방 친구들은
마음도 가방만큼 넉넉했다.

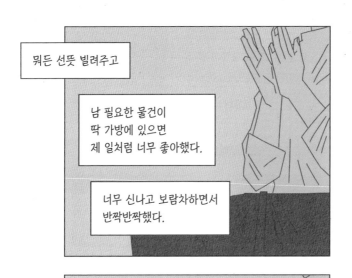

뭐든 선뜻 빌려주고

남 필요한 물건이
딱 가방에 있으면
제 일처럼 너무 좋아했다.

너무 신나고 보람차하면서
반짝반짝했다.

반짝반짝.

야, 이것도 있고
저것도 있고

그래서 나도 네 큰 가방을 좋아하게 됐네.

(그래도 나눠 들 수 있다면 좋겠다)

너는 또 큰 가방을 들고
너무너무 씩씩하게 걷겠네.

싸늘한 기운에 잠에서 깼다.

이제는 아침저녁으로 선선하다.

그게 덜컥 서운한 마음이 들어 창밖을 한참 보았다.

더위에 약해 여름을 힘들어했다.

외출하여 여름을 만나는 것이 고통스럽기까지 했다.

미워하고
사랑도
해보려고 했던

그게 충분하지
못했던 것 같아.

식은 이불을 누르면서

여름의 뒷모습을,

창밖을 한참 보았다.

2부

오늘은
이렇게 살아도 되나
생각을 했어.

여태 얼렁뚱땅
어떻게든 됐구나, 하고.

얼렁뚱땅 살아온,

내가 이렇게
살아 있지
않았다면

얼렁뚱땅 어떻게 되는 것도
이렇게도 살아진다는 것도
몰랐겠구나, 생각을 했어.

그냥 그게
내가 나한테 참 좋았어.

내가 나의 증거라는 것이.

정처 없이 걸어도

내가 아는 사랑으로
가는 계절이네.

조심해야 하는 것이
사랑인 것을

사랑하게 되는 날씨이네.

6월이다.

일곱 번째 사랑에 빠지기 좋은 달이다.

강아지 여섯 마리가 함께 걷는 것을 봤어.

안녕안녕안녕 안녕안녕안녕하세요 엄청 빠르게 (속으로) 인사했다.

이렇게 빠르게 많이 (속으로)

안녕을 외친 것은 유에프오를 불러볼 때 이후로 처음 같다.

친구가 불러서 여름 산책했다.
뜨겁게 걸으며

이리 와.

친구의 팔을 끌면서

두 자리의 그늘을 찾는 게 좋았다.

그늘은 검정.

검정 아래에서도

초록의 색은 초록.

그런 게 좋았다.

공을 던지고 잃어버려도 좋을 것 같은 날씨네.

소원을 적어 날린 듯
와하하 웃기고 그러면서 속으로는

조금 간절해져보는 날씨.

친구가 아이스크림
먹자고 해서

원래 나는
아이스크림
안 먹는데

여름 기분 내려고
아이스크림 먹었다.

냠

저는 시도는 기분이 좋은 마음일 때 해요.

실패하면 덜 좋은 마음이 되고
성공하면 더 좋아지고.
계속 그냥 좋을 수도 있고요.

그러니까 어찌 되어도 덜 좋거나
더 좋게 되는 좋은 마음일 수 있습니다.

(그래서 기분이 안 좋을 때는
별로 뭐 안 함)

아이스크림은 차갑고
그런데 내가 별로
시원해지지는 않았다.

(얼굴을 얼어맞고 싶은 기분이
안 맞고도 되고 싶을 때는
아이스크림을 한쪽 입으로만 급하게 드세요.
체온이 돌아온 뒤에도 얼얼합니다)

나는 너무 더웠는데

그 순간에는 갑자기
나도 여름의 해를 좋아해볼 마음을
조금 먹게 됐다.

그리고 돌아오는 길에
멀리의 모든 것이 너무

고해상으로 보이는 것을 느끼며

그것이 나의 일곱 번째
사랑임을 알았답니다.

친구 셋과 영화를 봤다.
한 친구가 영화는 어땠어? 돌아가며 물었고
셋 다 다른 이야기를 했다.

나는 몹시 무서워지고 말았다.

나의
읽기,

나의
말하기가

내 세계를 드러내는 일인 것이 무섭다.

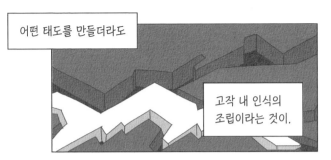

어떤 태도를 만들더라도

고작 내 인식의
조립이라는 것이.

어떤 놀라움, 미지를 만나더라도

내가 가진 지도 위의
탐색이라는 것이.

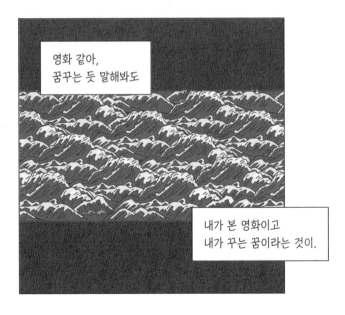

영화 같아,
꿈꾸는 듯 말해봐도

내가 본 영화이고
내가 꾸는 꿈이라는 것이.

잘 몰라서 확고하고
결함이 많은 내 세계를
들킬 것 같다.

증거를 여러 개
남기고 말 것 같다.

우리가 영화 감상을 나누다
각자의 세계를 보이고 말았듯이.

하지만 그런 방식으로
우리는 서로를 읽도록 한다.

우리가 서로를
읽도록 하는 일이

사랑의 일이 되는 것이

읽고 말하기를
멈추지 않게
만드는 듯하다.

또한 그 사랑이 나의 용기이다.

이어지는 내 농담에
친구들은 몹시 불평했다.

나는 근심 없이 웃고 말았다.

친구들아.

나는 슬픔을 너무 자주 겪고
슬픔이 꼭 나쁜 것은 아니지만
그런 거 너희는 몰랐으면 참 좋겠다.

슬픔으로 무언가를
얻을 수 있다면

그냥 그거
내가 다 얻을게.

우리가 같이 걸어서,

또 같은 껍데기를 주워 들고
웃어볼 수도 있다는 게

그 풍경은 또 아름다워서

그냥 아득한 기분이 되었고

그래도 같이 가면 안 돼?
우리 모두 친구잖아.

땅콩~
정신머리가 없니~?
알고는 있었지만~

그래서 소개를 하자면
복잡한 친구도 생긴다.

매실이

이제 친구인 전 직장 동료의
전 직장 동료인데 이제 나랑 친구

친구를 사귀고 소개할 때
어떤 선별과 고려 등
나름 거치는 과정이 있음을
신뢰하기 때문이기도 하지만.

나는 인복이
있는 편이지만.

그것을
믿고 있어서이기도
하지만.

왜 이렇게 사람을 사랑하게 될까?

사람을 왜 사랑하게 될까?

곧

그리고
잘

왜 그렇게 될까?

슬프게 되어도.
고통을 주어도.

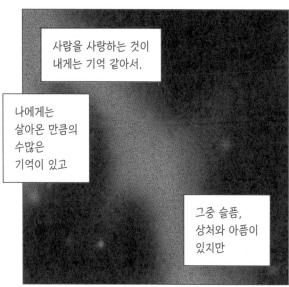

사람을 사랑하는 것이
내게는 기억 같아서.

나에게는
살아온 만큼의
수많은
기억이 있고

그중 슬픔,
상처와 아픔이
있지만

그럼에도 끝끝내 남아

떠오르며

몇 번이고 우리를
살게 하는 몇 가지 장면.

그 장면 같은 것.

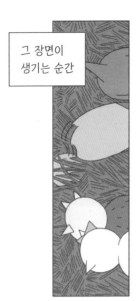

그 장면이
생기는 순간

이전의
모든 소란,
어둠,
침묵이

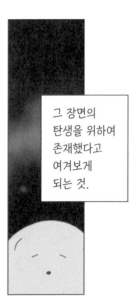

그 장면의
탄생을 위하여
존재했다고
여겨보게
되는 것.

그래서

그래도 사랑하게끔 돕는 것.

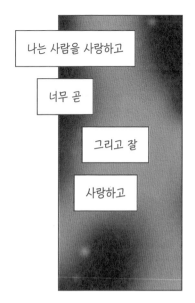

나는 사람을 사랑하고

너무 곧

그리고 잘

사랑하고

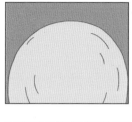

여러 번
슬프게
되었지만

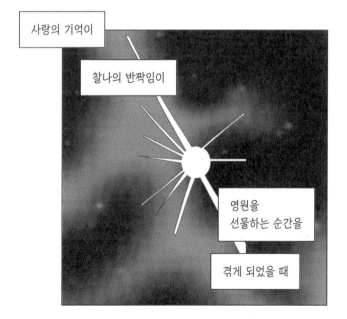

사랑의 기억이

찰나의 반짝임이

영원을
선물하는 순간을

겪게 되었을 때

다시 태어나는 듯

내가 재구성되는 것만 같았다.

곧

그리고 잘

사랑해서 무수한 사랑의 기억이 생겼고

그래서 사랑의 장면을 가졌다.

그 장면으로
살 수 있다고

되살겠다고
생각했다.

그러면 사랑하는 것이 무섭지 않았다.

나는 사람을 사랑하며 살아본다.

곧 그리고 잘.

사랑의 장면을 만나며.

때늦은 더위를 맞고 있다.

짧은 옷을 팔락 꺼내 입으며
지금이 어느 때인데 더위냐고
투정을 해봤다.

별로 집요하게 따지지는 않았다.

투정할 수 있는 것은
지나가는 일임을 알기 때문이니까.

돌아보는 얼굴도
좋았지만

그러고
떠나는 것이,

그게 우리가
헤어지는 길인
것이 좋았다.

지금도 그 마음은
다 짐작을 못 하고 있다.

다만 걔를 보내고서
돌아가는 길의 풍경이
조금 더 선명해지던 것이,

그렇게 헤어지는 일이
그 애를 또 만나는 일을
기대하고 기뻐하는 것에
보탬이 되었던 것만은 안다.

내가 아는 중에 땅콩,
네가 겁이 제일 많아.

맞아. 나는 겁이 많아.
겁이 너무 많아.

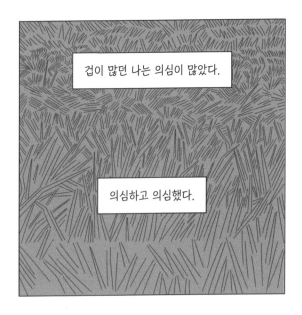

겁이 많던 나는 의심이 많았다.

의심하고 의심했다.

의심이 많은 만큼 믿을 만한 것들을 믿어,

믿음에 대한 믿음이 확고했고
또 기대고자 하는 욕망이 컸다.

나는 의심하고

너무 의심을 하다가

발견하는 것들을

사랑해버렸다.

사랑해서 잘 속았다.

믿는 것에 아주 잘 속았다.

처방약에 속았고
엄마의 말에 친구의 말에 속아서

없는 약효가, 생겨날 도리가 없던 힘이
나타나기도 했다.

사랑하는 사람들이라면
더욱 쉽게 속았고

속임수임을 알면서도 속고 넘겼다.

믿음 때문이었다.

내가 속아도
해 입지
않을 것이라는
믿음 때문에.

나를 해 입히지
않을 것이라는
믿음 때문에.

그러니 겁이 많아 의심하고,

의심하는 나는
누구보다 믿음을 믿었고

믿는 것들을 잘 사랑했고,

사랑해서 속았다.

그렇게
사랑하는 사람들에 속으면서
여러 꿈을 가져봤다.

속지 않으면
가져볼 수 없었던
꿈도 있었다.

살자, 살아보자 그러면
계속 살고 싶어졌고

안 그랬어도
그랬던 것 같고
계속 속으면서

개가 속이는 말을
닮으려 하며
살게 됐다.

계속 살자!
-황인찬이가

기우는 달을
붙잡고 싶은 절박과

그것이 불가능함에
마음이 저물 때

나는 속아서

굽 높은 신을 신고

의자 위에 올라서게 됐다.

여러 번 착실히 속으며
나는 속임수를 배웠고

가끔은 내가
친구들을
속이게 됐다.

괜찮아. 정말 괜찮아.

상처는 회복이 된다고.

흉 지지 않는다고
나를 속이던 사람들처럼.

그러면 나는 흉을 구분하지
못하게 됐던 것처럼.

그렇게 사랑하는 사람들이 나를 속이며

깊은 동굴 밖을 꿈꾸게 해주었던 것처럼.

기우는 달을 붙잡아보겠다고.

내가 아는 중에 땅콩,
네가 겁이 제일 많아.

그런데 가끔···
거짓말처럼 대범해.

그건 속았기 때문이야.
너희한테 속았기 때문이야.

속자,

속아버리자고.

계속 살자!
살아가...

맞아. 나는 겁이 많아.

오월 일일.
하호하호와 있었음.

이거 써도 돼?

주저하지 않는 눈.
전혀 허락을 구하지 않는 눈.

내가 당연히 자신을
받아들이리라
한 치 의심도 없는 눈.

-을 마주하며
외출 준비.

나 빼고 너무 재미있게 놀지는 마.

도무지 하나도 위협적이지가 않음.

처음 보는 해바라기씨의 차가
파란색이라고 일러주던 브라질너트.

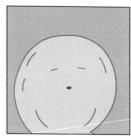

그런데 하나도 안 새파랗고
그러나 정말 파란색은 맞았던

해바라기씨의 자동차.

식물원.

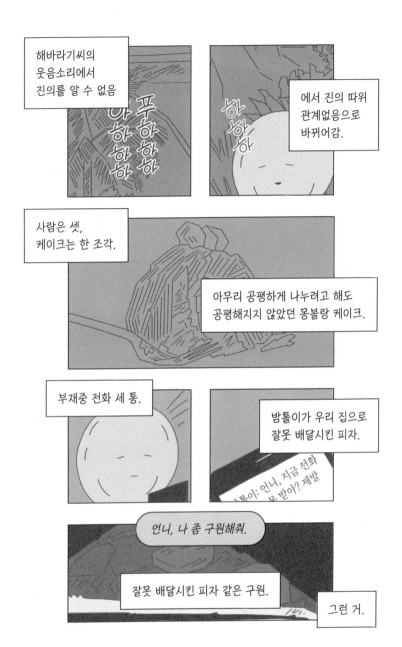

해바라기씨의
웃음소리에서
진의를 알 수 없음

에서 진의 따위
관계없음으로
바뀌어감.

사람은 셋,
케이크는 한 조각.

아무리 공평하게 나누려고 해도
공평해지지 않았던 몽블랑 케이크.

부재중 전화 세 통.

밤톨이가 우리 집으로
잘못 배달시킨 피자.

밤톨이: 언니, 지금 전화
못 받아? 제발

언니, 나 좀 구원해줘.

잘못 배달시킨 피자 같은 구원.

그런 거.

헤어지기 싫음.

또 놀자고,

또 놀자고.

두 번
말하는 마음.

식물원

－이 별로 기억나지 않음.

그런데 좋음.

좋음.

며칠 전 비 오던 날

즐겨 찾는 가게에서
식사를 마치고 나오니
내 우산이 사라져 있었다.

손잡이 재질이 특이해 손에 쥐면
헷갈리기가 참 힘든 우산인데.

망연한 채로
친구의 우산을 빌려 썼다.

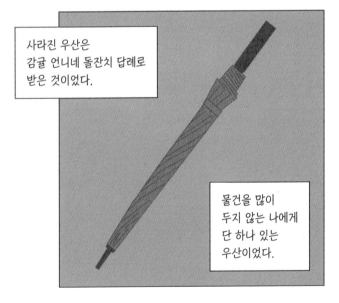

사라진 우산은
감귤 언니네 돌잔치 답례로
받은 것이었다.

물건을 많이
두지 않는 나에게
단 하나 있는
우산이었다.

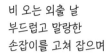

비 오는 외출 날
부드럽고 말랑한
손잡이를 고쳐 잡으며

아이는 건강히
자라고 있을까
여러 번
생각했다.

그런데
이제는
없다.

새 우산을 주문하다

이왕 우산 잃은 것을 계기로
언니 안부를 물어야지, 아가 소식을
들어야지 하고 언니에게 메시지를 보냈다.

몇 년 만에 연락한 언니는
막 어제도 만난 듯 여태 그 우산을
아껴 썼냐 하더니 새 우산을 보내주었다.

비 맞고 다니지 말고,
속상해하지 말고.

가끔 아주 그립고, 자주 보고 싶다고.

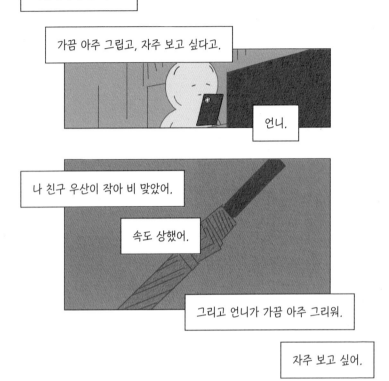

언니.

나 친구 우산이 작아 비 맞았어.

속도 상했어.

그리고 언니가 가끔 아주 그리워.

자주 보고 싶어.

감귤 언니는
집 1층 카페의
사장님이었다.

카페 인테리어 공사를 시작하던 날,

호두과자 한 상자를 들고 찾아온
언니를 보고 언니를 틀림없이
좋아하게 될 것이라고 예감했다.

언니가 가게를 정리하고 떠난 후에도
틀림없이 좋아하고 있었다.

언니가 보낸 새 우산은
몹시 튼튼하고
손잡이에 내 이름이
새겨 있었다.

또 여러 번을
고쳐 잡게 되도록.

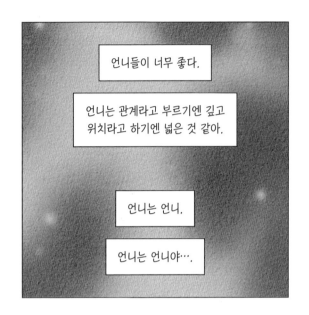

언니들이 너무 좋다.

언니는 관계라고 부르기엔 깊고
위치라고 하기엔 넓은 것 같아.

언니는 언니.

언니는 언니야….

하호가 평소 나를 부르는 호칭은
'너' 혹은 '야' 이지만

내가 자기를 돕는 일이 생기거나,
크게 잘해준다 싶으면

나한테 '언니'라고
하면서 히 웃는다.

나는 그게 좋다.

'언니'를
저에게 잘해주고
돕는 존재로
인식하고
있다는 게 좋다.

나를 언니라는
호칭으로 부르는 게
좋은 것은 아니다.

그런 경험을

하호가 가지고 있다는 게 좋다.

저렇게 히- 다 풀어져서
불러보는 것이
'언니'라는 점이 좋다.

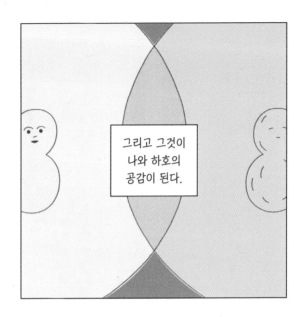

그리고 그것이
나와 하호의
공감이 된다.

저렇게 다 풀어져서,
내가 바보같이 웃으면

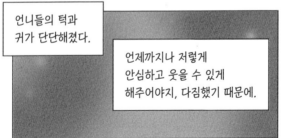

언니들의 턱과
귀가 단단해졌다.

언제까지나 저렇게
안심하고 웃을 수 있게
해주어야지, 다짐했기 때문에.

그 다짐은
너무나 강력해서
천지 분간을
못하는 나도
느끼고 말았다.

나는 언니들 밖에서는
늘 힘 앞에 긴장했지만

언니들의 강력한 힘 앞에서
나는 하나도 안 날렵해졌다.

그럴 필요가 없었기 때문에.

언니들은 내가 원하기만 한다면
찾기 쉬운 곳에 기꺼이 있으려 한다.

그리고 내가 부르면 언니들은
응- 하고 늘 길게 대답한다.
(언니들은 다들 그렇다. 왜 그럴까?)

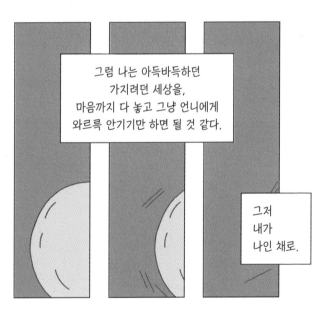

그럼 나는 아득바득하던
가지려던 세상을,
마음까지 다 놓고 그냥 언니에게
와르륵 안기기만 하면 될 것 같다.

그저
내가
나인 채로.

언니들은
나의 어려웠던 순간,

나의 기쁨,

나의 용기를
기억한다.

지난 나를 간직하면서
나를 또 새롭게 들여다본다.
매번 살핀다.

나는 탕아처럼 언니들의 밖으로 나선다.
(이 또한 언니라는 안이
있기 때문임을 나는 알게 된다)

그렇게 밖을
여러 번
기웃대어
보았지만,

내가 나로 있도록
돕는 것은 언제나
언니들이었다.

언제나
언니들이었다.

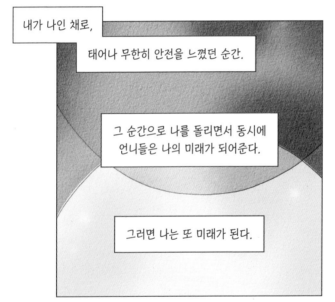

내가 나인 채로,

태어나 무한히 안전을 느꼈던 순간.

그 순간으로 나를 돌리면서 동시에
언니들은 나의 미래가 되어준다.

그러면 나는 또 미래가 된다.

내가 이제 하호의
언니인 것처럼.

나의 언니들이
하도 그래서, 하도 그래서.

몸이, 마음이 배워
나도 어느새 그렇게 됐다.

언니들이 너무 좋다.

내 속의 언니가
좋다.

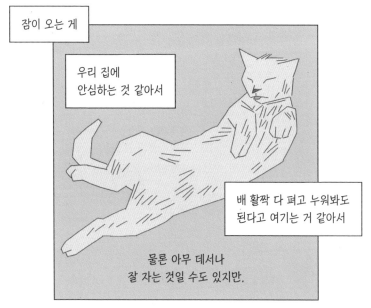

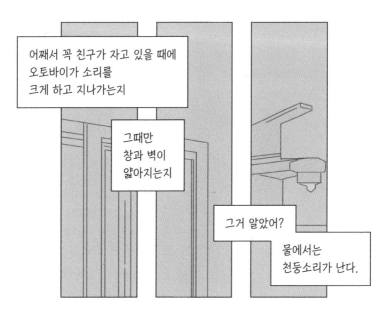

어째서 꼭 친구가 자고 있을 때에
오토바이가 소리를
크게 하고 지나가는지

그때만
창과 벽이
얇아지는지

그거 알았어?

물에서는
천둥소리가 난다.

잠이 든 친구의
옆에서는 조심조심

나는 조금 긴장을
하게 되는데
그게 나쁘지 않고

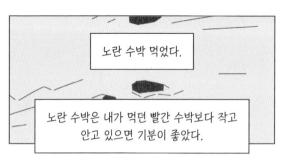

노란 수박 먹었다.

노란 수박은 내가 먹던 빨간 수박보다 작고
안고 있으면 기분이 좋았다.

요 몇 주간은 몹시 고통스러웠다.

내내 고통스러움이
이어진 것은 아니고
글을 쓰느라 책상에
붙잡혀 있을 때 그랬다.

내가 직접 글 써서 돈 안 벌고
친구들 돈 뺏을 생각만 했다.
근데 친구들 돈은 못 뺏고
시간은 조금 구해 같이 보내게 됐다.

강가를 좀 걷다가
수박을 사러 갔다.

많이 먹지는 않고 맛만 볼 요량으로
브라질너트와 빨간 속만 잘 잘라
용기에 넣어둔 냉장칸을 살폈다.

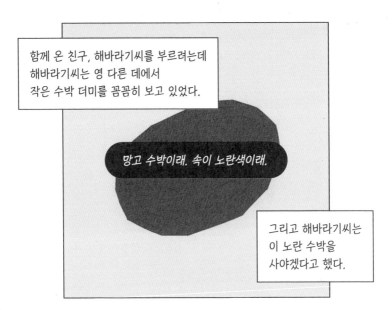

함께 온 친구, 해바라기씨를 부르려는데
해바라기씨는 영 다른 데에서
작은 수박 더미를 꼼꼼히 보고 있었다.

망고 수박이래. 속이 노란색이래.

그리고 해바라기씨는
이 노란 수박을
사야겠다고 했다.

냉장칸에 저렇게 잘 잘라 있는데?
저거 빨간 수박이 더 합리적인 거 같은데?

그러나 해바라기씨와는
아직 면박을 나눈 일이 없고
나도 그러마 했다.

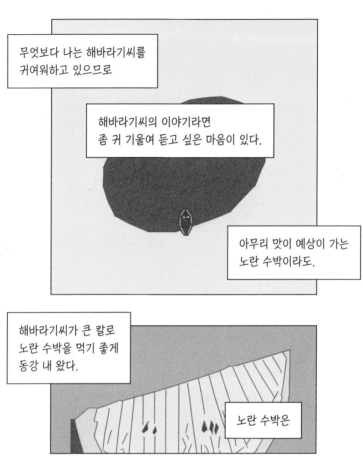

무엇보다 나는 해바라기씨를
귀여워하고 있으므로

해바라기씨의 이야기라면
좀 귀 기울여 듣고 싶은 마음이 있다.

아무리 맛이 예상이 가는
노란 수박이라도.

해바라기씨가 큰 칼로
노란 수박을 먹기 좋게
동강 내 왔다.

노란 수박은

노란 수박은 생수 맛이 났다.

셋이 동시에 웃었다.

생수 맛이 나니까.

기분이 아주 좋았다.

집에 와서 글은
영 또 못 썼다.

그러나 무언가
태어날 것 같다는
기분만은 들었다.

고통을,
태어나기 직전의 어려움이라고
생각하면 기분이 나아.
모든 태어나는 것이 축복이 되지 않지만.
기분만으로 되는 것이 없다고 해도. 그래도.
그래도 그렇게 살아지는 게 있어.

노란 수박     (199)

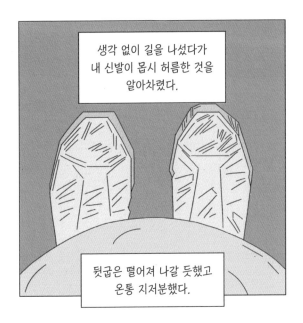

생각 없이 길을 나섰다가
내 신발이 몹시 허름한 것을
알아차렸다.

뒷굽은 떨어져 나갈 듯했고
온통 지저분했다.

순간 거리의 모두가
신발을 신고 있다는 것을 의식하게 됐고,

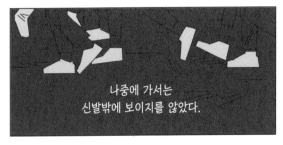

나중에 가서는
신발밖에 보이지를 않았다.

친구를 만나서도 마찬가지였는데,

크게 남의 차림을
의식하지 않는 나도

친구의 얼굴보다
신발을 먼저 보았던 기억이 난다.

내 신발을 강렬하게 의식한 이후

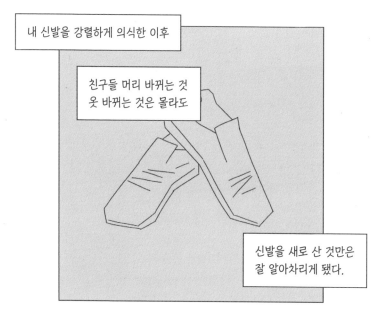

친구들 머리 바뀌는 것
옷 바뀌는 것은 몰라도

신발을 새로 산 것만은
잘 알아차리게 됐다.

비범한 시야를 가졌다 생각했다.

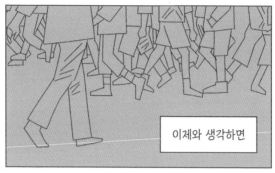

이제와 생각하면

친구는 본 적이 있었던 것일까.

그렇게
울어본 적이.

그렇게 울 듯한 마음을
가져본 적이.

그래서.

고수 못 먹는다는 일기를 쓴 적 있고

최근 내 즐거움은
고수를 주문하는 일이다.

마침내 고수를 먹을 수 있게 된 것은 아니고
친구들 때문에 그렇게 됐다.

모여 밥을 정하다가,
고수는 빼달라 할까? 물었더니

조그마하게
"헉. 나 고수 좋아하는데…"
혼잣말한 것을 듣게 됐다.

주문하며 슬쩍 고수는
따로 주시되 왕 많이 주세요,
부탁드렸는데

고수
좋아하는지는
몰랐네.

고수 더미를 보더니
아주 신이 나 덥석 덥석
집어 먹는 것을 본 후로

식당에 고수를
더 부탁해도 되는지,
추가 구매가
가능한지를 묻게 된 것이다.

여전히 고수 맛은 어렵고
알고 싶지도 않지만

제가 먹어본 고수 요리를 대며
수근수근하는 것을 보면

기분이 아주 좋았다.

그냥 고수 화분을 먹지,
밥은 왜 먹니. 핀잔하면서도

퉁퉁해진
뺨을 보면
뿌듯하고

그러다 보니 나도
고수의 냄새 정도는
견딜 수 있게 됐다.

냉장고에 고수를
한 단 사둘까
생각도 했다.

냉동실의 얼음처럼.

찬 음식을
즐기지 않는 나는
손대지 않지만

친구들이 죄 찬 음료를 좋아하기에
봉지로 사두었더니 이제는 제 집처럼
냉동실 문을 열고 퐁당퐁당 잘들 타 먹는다.

아주 얼음산을 쌓아 먹기도 하는데

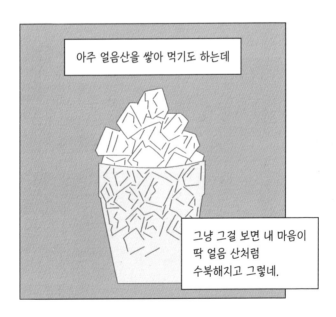

그냥 그걸 보면 내 마음이
딱 얼음 산처럼
수북해지고 그렇네.

그런 게 보기가 좋아서

나 안 먹는 음식도 맛있게 하는
식당이 있다 하면 일단은
귀 쫑긋하며 들어두게 됐다.

야,
여기 만두 맛있대.

헐 어딘데

그게 다 내 쓸모가 되었네.

친구가 잘 먹고 좋아하는 음식
기억해두었다가 밥 메뉴
고민할 때 슬쩍 던지면
너무 좋아한다.

바보 같다.

너가 먹었던 건데.
너가 알려준 건데.

친구들의 성취, 성공에 조급을 느끼고

추악한 질투와 시기를 하던 때도 있었지만

지금은 진짜로 순도 100% 24K의 마음으로

FINE GOLD

친구들의 성공을 바라고 있다.

성공한 그들이 나를 먹여 살리고 노후까지 대비해줬으면 좋겠으므로….

내가 하늘 안 좋으면 어쩔 건데

너가 눈 안 좋아하면 어쩔 건데

의심도 안 하고
서로 야단하는 게 웃기다.

아몬드가 보라고 하는 하늘은
다 정말 예쁜 게 웃기고 좋다.

틀림이 없이 예쁜 게
좋고 웃다.

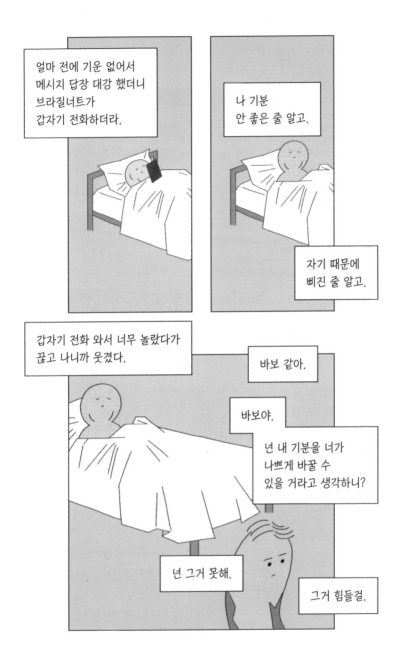

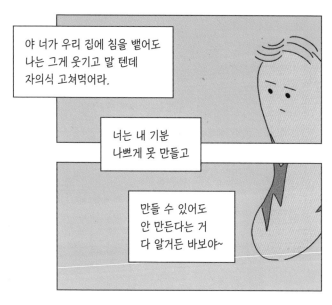

야 너가 우리 집에 침을 뱉어도
나는 그게 웃기고 말 텐데
자의식 고쳐먹어라.

너는 내 기분
나쁘게 못 만들고

만들 수 있어도
안 만든다는 거
다 알거든 바보야~

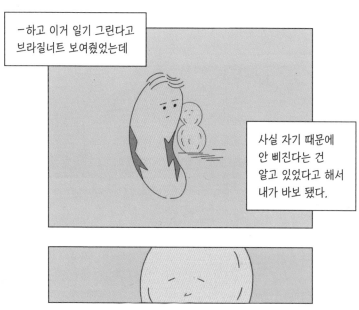

－하고 이거 일기 그린다고
브라질너트 보여줬었는데

사실 자기 때문에
안 삐진다는 건
알고 있었다고 해서
내가 바보 됐다.

어제는 아팠다.

아파서 누워

최근에 좋다고
생각한 것들을 떠올렸다.

외출, 근황 사진을
찍을까 하다가

문득 내 근황은 별일이 없구나
참 다행이다 생각했던 것.

여전히 하늘로 카메라를 올려보던 것.

내가 유난히 큰 별을
신기하고 이상하다 여길 때

그 별의 이름을
알려주던 사람들.

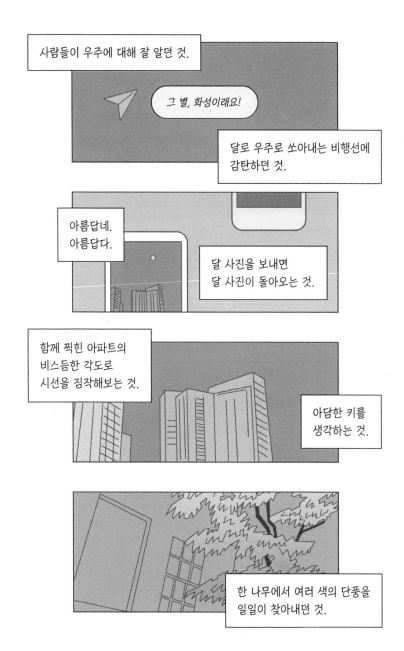

이제는 빨리 어둡다 그치,
하면서 너가 먼 데를 보던 것.

고양이를 만나면
꼭 기뻐하고

물가를 잘 발견하던 것.

친절에 곧잘 감동하고

꼭 머리부터
푹 기대면서
웃는 것.

날씨가 만날 좋다고 하던 것.

무슨 날씨가 만날 좋아
어떻게 그럴 수가 있겠니.

그런데 너가 말하면 나도 좀 좋아지던 것.

만날 좋은 것 같기도 했던 것.

땀을 뿍뿍 흘리고 깨어나
열어본 휴대전화에
찍힌 부재중 전화 두 개.

많이 아파?
내가 갈까?
메시지.

너가 참 한참도 멀리 살던 것.

3부

아마도 다정일 것이다.
괜찮다고.

같은 마음을 경험했을 때
본인을 위로하던 말일 수도 있다.

나름의 격려 또는 선심이겠지만

죽고 싶다는 말은
살고 싶다는 말이야.

그래도 그게 이상했다.

나에게는
살고 싶은
마음도 있고

죽고 싶은
마음도 있고

아무렇게나
내던지고 싶은
마음도 있고

잘 꾸려보고 싶은
마음도 있는데.

그러니 나의

나에게는
각각의 마음이
있다고.

모든 마음이
살아가는 데에
동력이 될 필요는
없다고.

유용함, 쓸모를 이유로
내가 살아가지 않듯이

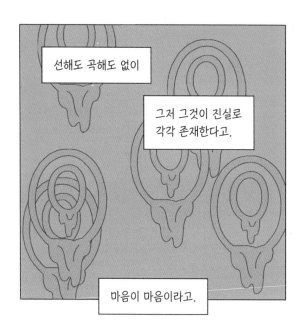

선해도 곡해도 없이

그저 그것이 진실로
각각 존재한다고.

마음이 마음이라고.

그렇게 존재한다고.

그러니 나의
죽고 싶다는 말은
죽고 싶다는 말이었다.

그러니 나의

너는 키가 그렇구나.

나는 마음이 그래.

마음이 옛날에 전부 자라고는
멈춘 것 같다.

예민한 기질 때문일까.
마음이 조숙했다.

조금 앞섰고, 약간 더 발견했다.

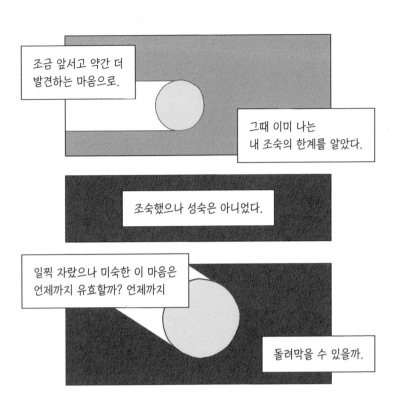

조금 앞서고 약간 더 발견하는 마음으로.

그때 이미 나는 내 조숙의 한계를 알았다.

조숙했으나 성숙은 아니었다.

일찍 자랐으나 미숙한 이 마음은 언제까지 유효할까? 언제까지

돌려막을 수 있을까.

예상은 비껴가지 않았다.

주변 친구들의 몸과 마음이 성숙하는 것이 눈에 다 보였다.

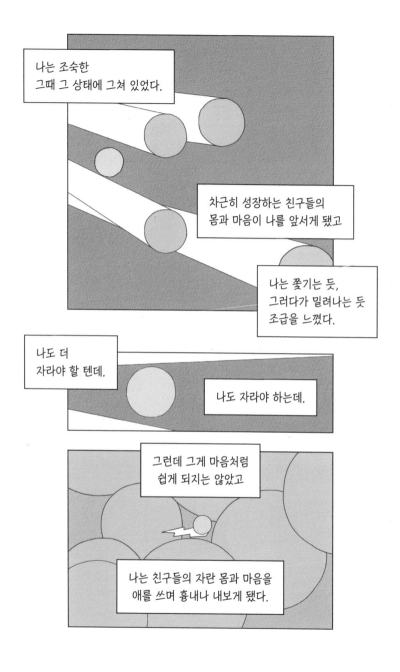

제안하는 날보다
동의하는 날이 늘었다.

앞장서지 않고
따르고, 뒤늦게 깨달았다.

끝내 깨닫지 못하는
때도 있었다.

예전이라면 기민하게 알 수 있었던 것이
몹시 애를 써서 분별하고 판단해야 했다.

그나마도 잘되지 않았고 확신이 없어
대화를 하고 나면 쉽게 지쳤다.

적당히 동의를 표하면서
이건 진짜 내 마음이 아니라는 생각을 했다.

웃음을 따라 웃으며
이건 가짜 웃음이라고 생각했다.

조금 앞서고 약간 더 발견하던 마음이
완전히 사라진 것은 아니었다.

다만 방향을 바꾸어
나를 찌르게 됐다.

여러 정황에서
내 미숙을 발견하게 해,
외면할 수 없도록 만들었다.

차라리
아주 모른다면
좋을 텐데.

애매하게
마음이
자란 채로
남아서
괴로웠다.

앞서
자란 적이
없는 것이
나을지도
모른다고.

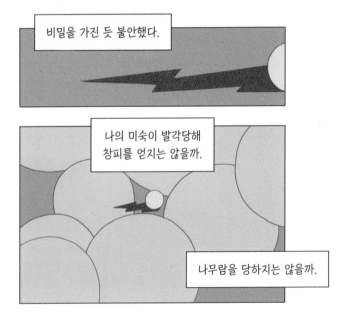

비밀을 가진 듯 불안했다.

나의 미숙이 발각당해
창피를 얻지는 않을까.

나무람을 당하지는 않을까.

그저 나는 나인데.

나는 나로서 이런 속도,
그런 시기에 자랐을 뿐인데.

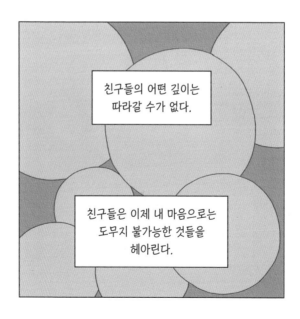

친구들의 어떤 깊이는
따라갈 수가 없다.

친구들은 이제 내 마음으로는
도무지 불가능한 것들을
헤아린다.

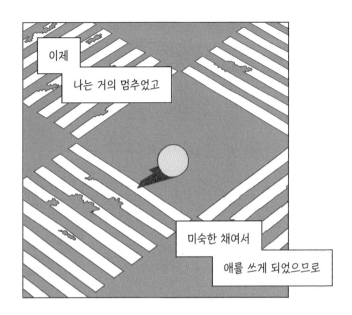

이제

나는 거의 멈추었고

미숙한 채여서

애를 쓰게 되었으므로

깊이 여겨보는 것,

앞서 살펴보는 것,

구분하고
동의하는 마음을
당연하게 여기지 않게 됐다.

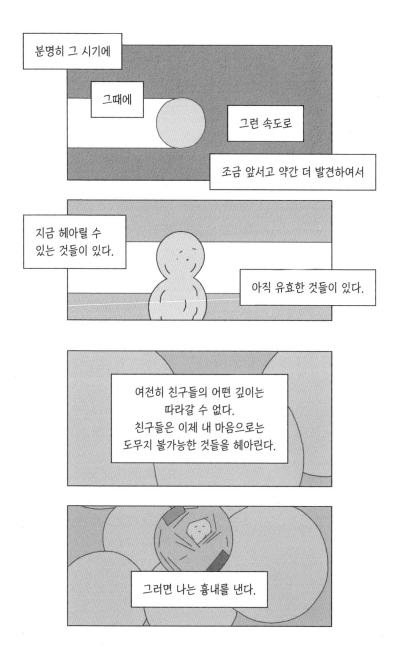

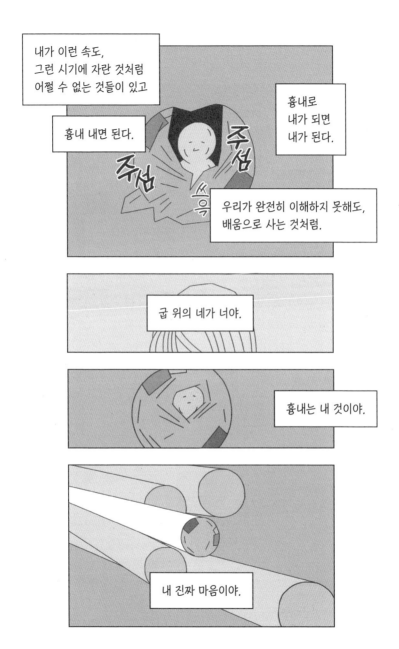

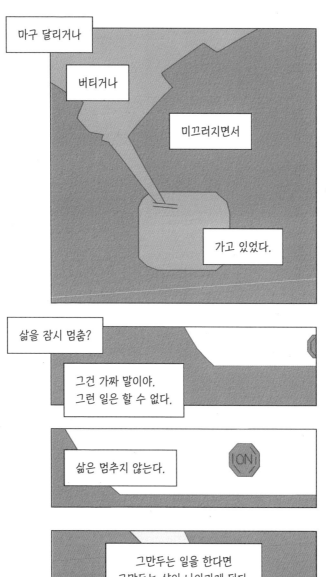

마구 달리거나

버티거나

미끄러지면서

가고 있었다.

삶을 잠시 멈춤?

그건 가짜 말이야.
그런 일은 할 수 없다.

삶은 멈추지 않는다.

그만두는 일을 한다면
그만두는 삶이 나아가게 된다.

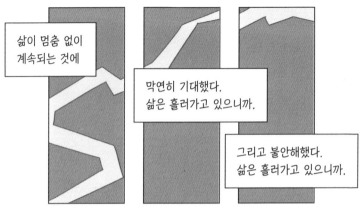

삶이 멈춤 없이
계속되는 것에

막연히 기대했다.
삶은 흘러가고 있으니까.

그리고 불안해했다.
삶은 흘러가고 있으니까.

막연하게 기대하면
불안하게 되지.

막연하니까.

그러나 막연한 기대도 기대여서,

그 기대가 미래 같아서

예전에
부모님이 계신 본가에 갈 때는

옷도 신경을 써 입고
얼굴을 좋게 하여 갔다.

나 잘 지내고 있다고 보여주려고.

건강히 지내고 있다고
안심시키고 싶어서.

나에게 몸과 마음의 궁색이 있다면

더욱 감추어보려고.

그러나
그렇게 꾸미는 일은

부모를
안심시키는
동시에

안심하는 부모로부터
내가 안심하기를
또한 바라야 했으므로

주의를 번갈아 기울여야 했고
그러다 보면 쉽게 지쳤다.

때로는
고른 옷이
업무처럼
무거웠고

얼굴의
피로를 닦다가
그냥 웃음을
덧씌워버리기도
했다.

그러다 어느 날엔가
도무지 기운이 없어
자다 일어난 차림과
까슬한 얼굴로 본가에 가게 됐는데

부모님의 걱정과
놀람이 없지는 않았지만

요즘 힘드니?

그냥
평소의 나야.

탈 없이 편안했다.

그렇구나. 나는

옷을 입히고 밝은 낯빛을 한 불편한 안녕이 싫었구나.

그런 안심이 나에게 대단한 의미도 성취도 주지 않았구나.

자주 체한다.

과식 탓인 경우가 대부분이지만
이유를 짐작하기 어려운 때도 있다.

증상은 명치 상단 부근이
꽉 막힌 듯 답답하다.

숨 쉬는 것이
어려운 정도도 있다.

두통이 동반하는데
간혹 없는 때도 있다.

손발의 끝이 식고
소음과 후각, 밝은 빛에
예민해진다.

자주 체를 해도
체할 때의 고통은
무뎌지지 않는다.

괴롭다.

다만 빈번한 경험으로
꽤 능숙하게 대처하게 됐다.

일단 소화제 또는 두통약을 먹는다.
소화제는 효소가 포함된 것이 잘 듣는다.

손을 지압해 혈액을 순환하고

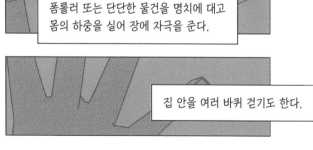

폼롤러 또는 단단한 물건을 명치에 대고
몸의 하중을 실어 장에 자극을 준다.

집 안을 여러 바퀴 걷기도 한다.

이렇게 상세히 이야기할 수 있는 것은
역시 지금도 체한 상태이기 때문이다.

고통은 고통스러울 때
가장 잘 설명할 수 있다.

고통스러우므로.

어떤 감정도
나에게는 마찬가지이다.

기쁠 때에
기쁨이
가장 가깝고

슬플 때
슬픔이
제일 잘 보인다.

불안도 마찬가지이다.
불안할 때 불안을 자세히 볼 수 있다.

내 불안 속에는 사랑이 있고 욕망이 있다.

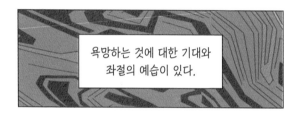

욕망하는 것에 대한 기대와
좌절의 예습이 있다.

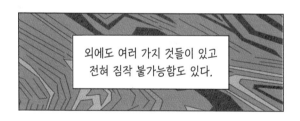

외에도 여러 가지 것들이 있고
전혀 짐작 불가능함도 있다.

짐작할 수 없음 또한
들여다보아야 보인다.

불안을 살핀다고 해서
불안이 무뎌지거나
해소되지는 않는다.

장의 고통처럼.

여전히 아프고 괴롭다.

그러나
여러 번 거듭해 살펴보는 일이
두려움은 덜게 해줬다.

능숙한 조치를
취하게도 한다.

나는 불안을 극복해본 일 없다.
내 힘으로 불안을 없앨 수 없었다.

그러므로 불안한 때에
나는 몹시 불안해한다.

그리고 불안을 본다.

자세히 본다.

불안하므로,
불안을 가장
잘 볼 수 있는 때에.

기쁨과, 슬픔과
마찬가지로.

자세히 보기          (253)

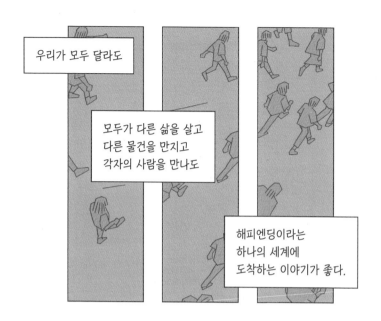

우리가 모두 달라도

모두가 다른 삶을 살고
다른 물건을 만지고
각자의 사람을 만나도

해피엔딩이라는
하나의 세계에
도착하는 이야기가 좋다.

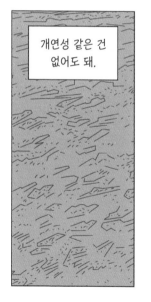

개연성 같은 건
없어도 돼.

인과 없음을
우리는 이미
여러 번 겪었고

단순한
반복이어도
상관없어.

돌출된 부분들은
모래처럼 쓸어 넘기면서

가끔 슬픔이 물벼락처럼 덮쳐도
한번 푹 젖고
웃고 마는 파도이기를.

내 과대한
망상의 축은
언제나
행복의 방향으로
기울어지지
않았지만

그것이 예상과는 다르게
흘러갔으면 좋겠다.

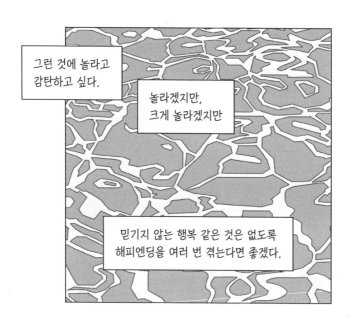

그런 것에 놀라고 감탄하고 싶다.

놀라겠지만, 크게 놀라겠지만

믿기지 않는 행복 같은 것은 없도록 해피엔딩을 여러 번 겪는다면 좋겠다.

행복이 좋은 것이라면, 반드시 행복했으면 좋겠다.

마침내 끝내주게 좋았으면 좋겠다, 우리가.

그런 미래는
깊은 기억처럼

떠올릴수록
아득하고 희미해지지만

바라는 일만은
선명히 해보게 되기를.

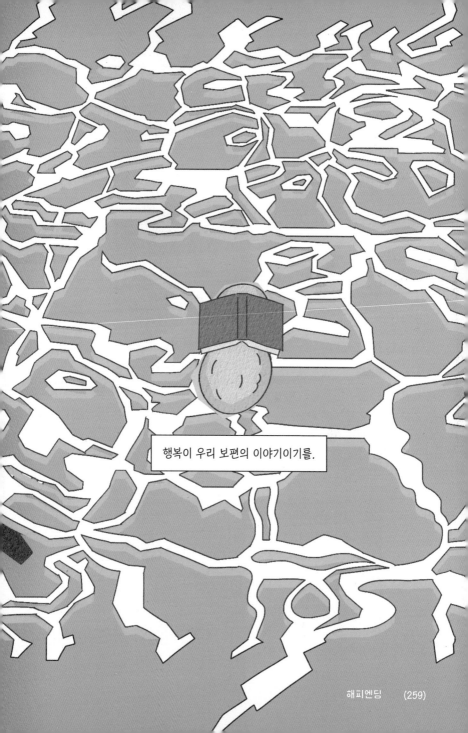

행복이 우리 보편의 이야기이기를.

나는 내가 받고 싶은 사랑이
꽤 모호하다는 것을
일찍부터 알았다.

한 조각의
토스트를 더 먹는 것

곱슬머리 인형을
선물받는 것과 같은

순간의 욕구 너머

그 너머에
무엇이 더 있는데

그게 무엇인지는
정확히 알지 못하는 채로,

심지어 자라며

여러 번 바뀌고 변하면서
더욱 알 수 없게 되었다.

내가
받고 싶은
사랑이

무조건적인 것만은
비교적 확실해 보였다.

무조건적이고
절대로 나를
포기하면 안 됐다.

헌신이나 희생은
부담스러웠으나
필연적으로
그렇게 되리라는
것을 알았고

그렇다면
그 사랑은
내가 눈치채지
못할 정도로

정밀하고
비밀스럽게
진행되어야 했다.

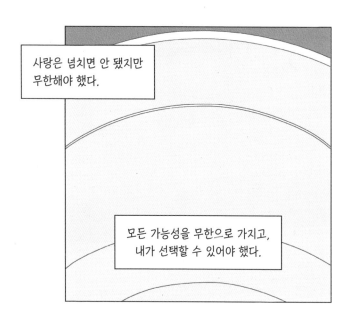

사랑은 넘치면 안 됐지만
무한해야 했다.

모든 가능성을 무한으로 가지고,
내가 선택할 수 있어야 했다.

선택할 수 없음에 대한 선택,

그러니까
내가 무엇을
원하는지
잘 모름조차

염두에 두어야 했다.

친절한 사람들은
내게 몇 개의 선택지를
더 제안하고

바꾸거나

철회할 수
있도록 했지만

나의 불만족에 대해
설명하는 것이 어려워
정정할 수 없었다.

나는 내가 받고 싶은 사랑을
정확히 알지 못하므로
만족도 불만족도 할 수 없는 것을

"뭐든 좋은 것"으로,

내 의지로
오해하며 지냈다.

"뭐든 좋은 것"은 여러 번의
수정과 보완을 거쳐 나중에는

"뭐든 괜찮은 것"이 되었다.

무엇이든
좋음.

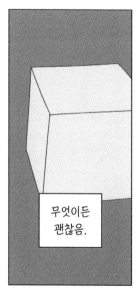

무엇이든
괜찮음.

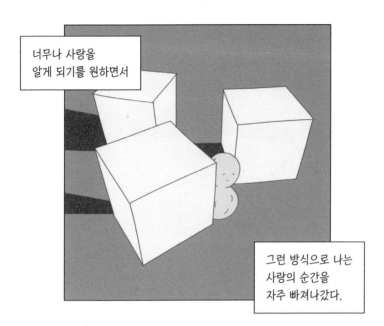

너무나 사랑을
알게 되기를 원하면서

그런 방식으로 나는
사랑의 순간을
자주 빠져나갔다.

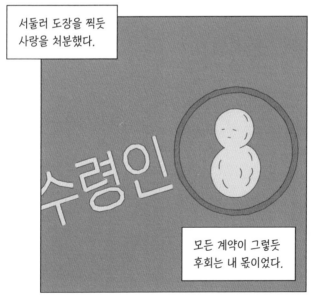

서둘러 도장을 찍듯
사랑을 처분했다.

모든 계약이 그렇듯
후회는 내 몫이었다.

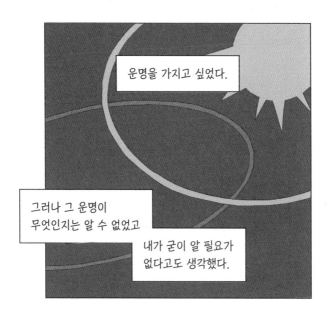

운명을 가지고 싶었다.

그러나 그 운명이
무엇인지는 알 수 없었고

내가 굳이 알 필요가
없다고도 생각했다.

알 수 있다면
운명이 아니라고 여겼다.

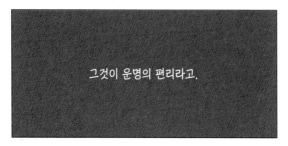

그것이 운명의 편리라고.

나는 사람을 사랑하게 됐다.

여러 번,

아주 많이 사랑하게 됐다.

타인에게 사랑을 줄 때 나는
내가 열망했던 것,

그러니까
내가 받고 싶은 사랑을 주려고 했다.

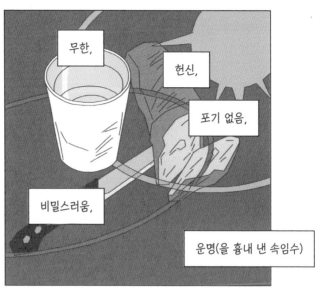

무한,

헌신,

포기 없음,

비밀스러움,

운명(을 흉내 낸 속임수)

그러나 나는
내가 받고 싶은 사랑을
정확히 알 수 없었으므로,

짐작이나마
해보았던,

내가 받고 싶었던
사랑의 몇몇 속성에
집착했다.

이를테면 운명은
놀라운 것이므로,

놀라움을 위해
깜짝 선물을
했다.

비밀스러워야
하므로,

사랑이 나에게
아무리 큰 괴로움을
주어도 침묵했다.

커다란 수조에
유령을 쏟듯
사랑을 쏟았고

사랑은
자주 빗나가고

몹시
빠져
나갔다.

나는 내 사랑으로
타인이
충족하는 것을
의심했다.
(내가 완전히
충족해본 적
없었으므로)

모호하기 때문에
통제할 수 없었던 사랑을
타인을 지배하는 것으로
보상받으려고 했다.

나는 내가 받고 싶은 사랑을 잘 몰랐다.

잘 모르면서,
여러 번
거듭 생각하고

생각하고
또 생각해서…

모르는 것 중
가장 가까운
모르는 것을 쏟으며
사랑하려고 했다.

오랫동안 여러 번 거듭 생각했으므로
더는 생각하지 않아도 되는

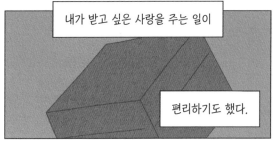

내가 받고 싶은 사랑을 주는 일이

편리하기도 했다.

그러나 나는 사람을 사랑하고 있었다.

내가 아닌
다른 사람을 사랑했다.

그래서 그 순간이 있었다.

너무 강력해서, 갑작스럽다고
느끼는 정도의 힘을 가진 순간.

내가 받고 싶은 사랑을 주는 일이
편리했다.

그러나 도무지 편리할 수 없었던 어떤 순간에

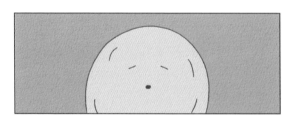

내가 주고 싶은 사랑을 알았다.

그 애의
옆얼굴을
봤을 때

연락 없이
새벽에
내 집 문을
두드렸을 때

나는 내가 주고 싶은 사랑을 알았다.

주고 싶은 사랑은 매번 달랐다.

누구에게는 떠나도
헤어지지 않을 사랑이기도 했고

다른 누구에게는 떠나고
헤어져도 좋을 사랑이기도 했다.

모든 것이 불확실한 이 세계에서

나만은 반드시
찾을 수 있도록
하고 싶었고

또 잠시간
사라져 있어주고
싶기도 했다.

깊이 안아보기.

고개를 끄덕이기.

아주 따뜻한
코코아를
한 잔 내어주기.

주고 싶은 사랑은 무엇이든 좋거나
무엇이든 괜찮지 않았다.

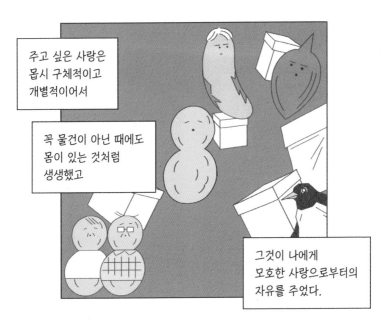

주고 싶은 사랑은
몹시 구체적이고
개별적이어서

꼭 물건이 아닌 때에도
몸이 있는 것처럼
생생했고

그것이 나에게
모호한 사랑으로부터의
자유를 주었다.

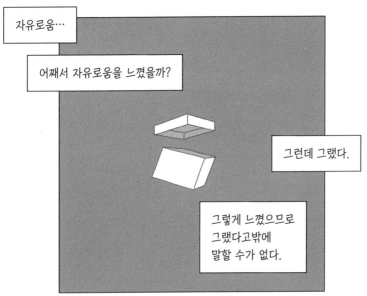

자유로움…

어째서 자유로움을 느꼈을까?

그런데 그랬다.

그렇게 느꼈으므로
그랬다고밖에
말할 수가 없다.

대체로 선한 사람은 있어도
무해한 인간은
타인이 존재하는 한
없다고 생각한다.

우리는 각자
다른 수로
살고 있고,

수는 사는 일에
대응하며 변하므로

틀림과 어긋남이
생긴다고.

그래서

내가 누구에게는
해로움일 수 있음을

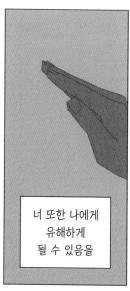

너 또한 나에게
유해하게
될 수 있음을

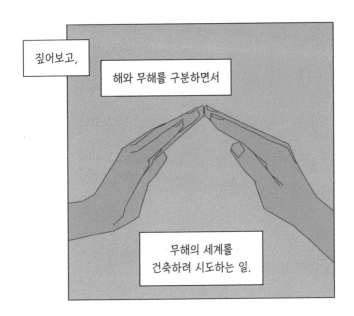

짚어보고,

해와 무해를 구분하면서

무해의 세계를
건축하려 시도하는 일.

그 공간으로
누군가를
초대해보는 일.

초대를 받으면
용기 내어
이끌려보는 일.

그렇게 애써보는 것이
선의가 아닌가 한다.

무해의 일은 얇고 가볍게,

투명한 한 겹이 되는 일 같아 보이지.

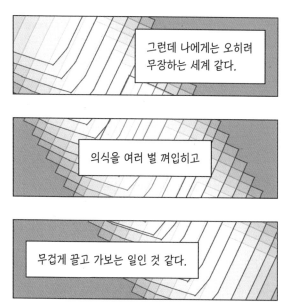

그런데 나에게는 오히려 무장하는 세계 같다.

의식을 여러 벌 껴입히고

무겁게 끌고 가보는 일인 것 같다.

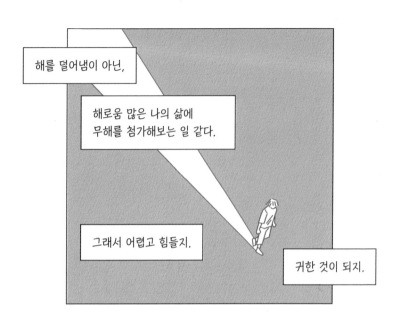

해를 덜어냄이 아닌,

해로움 많은 나의 삶에
무해를 첨가해보는 일 같다.

그래서 어렵고 힘들지.

귀한 것이 되지.

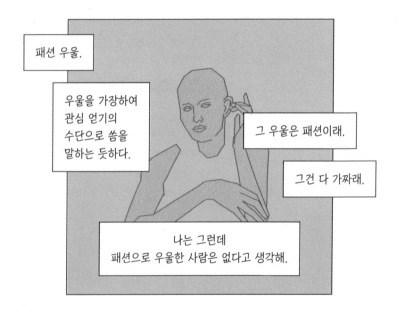

패션 우울.

우울을 가장하여
관심 얻기의
수단으로 쏨을
말하는 듯하다.

그 우울은 패션이래.

그건 다 가짜래.

나는 그런데
패션으로 우울한 사람은 없다고 생각해.

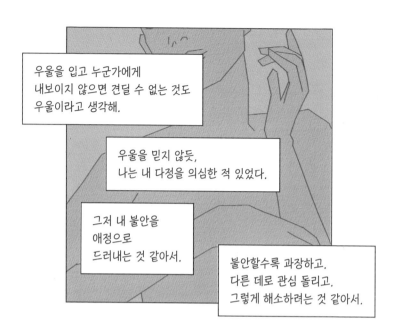

우울을 입고 누군가에게
내보이지 않으면 견딜 수 없는 것도
우울이라고 생각해.

우울을 믿지 않듯,
나는 내 다정을 의심한 적 있었다.

그저 내 불안을
애정으로
드러내는 것 같아서.

불안할수록 과장하고,
다른 데로 관심 돌리고,
그렇게 해소하려는 것 같아서.

그 생각이 너무 가혹해
한동안 앓듯이 눕기도 했다.

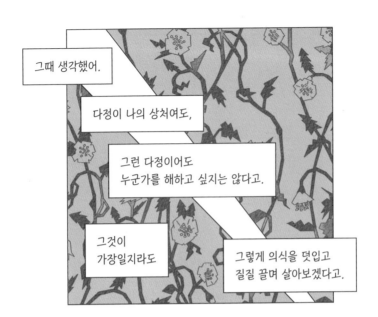

그때 생각했어.

다정이 나의 상처여도,

그런 다정이어도
누군가를 해하고 싶지는 않다고.

그것이
가장일지라도

그렇게 의식을 덧입고
질질 끌며 살아보겠다고.

이 또한 다정이 아닐까?

해로움 많은 나의 삶에서,

무해한 사람이 될 수 없어도

다정한 사람이
될 수는 있지 않을까.

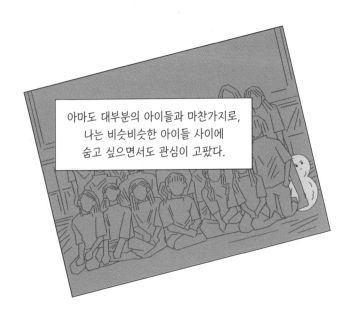

아마도 대부분의 아이들과 마찬가지로,
나는 비슷비슷한 아이들 사이에
숨고 싶으면서도 관심이 고팠다.

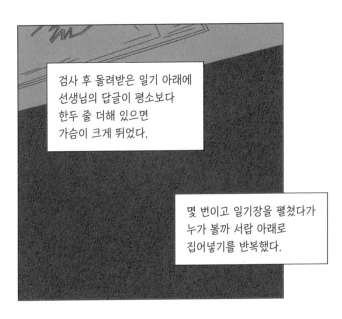

검사 후 돌려받은 일기 아래에
선생님의 답글이 평소보다
한두 줄 더해 있으면
가슴이 크게 뛰었다.

몇 번이고 일기장을 펼쳤다가
누가 볼까 서랍 아래로
집어넣기를 반복했다.

그러나 관심을 얻는 일은,
특히나 몹시 얻는 일은
막막하고 뾰족한 수가 없었다.

일기 아래의 답글처럼,
우연의 불규칙한 확률을 견디기에는
성급하고 인내가 부족했다.

안달하다
나는 마침내
떠올리게 됐다.

손쉽게
얻을 수 있는
관심을.

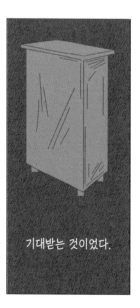

기대받는 것이었다.

나는 기대를 받을 만한 가치에 따랐다

복도의 우측으로 똑바로 걸었고 정해진 규칙을 지켰다.

선생님이 기대가 커.

마침내 그 말을 듣게 되었을 때 기뻤다.

여러 번 선생님이 바뀌고도, 그런 생활이 계속됐다.

문득 어떤 균열이 느껴졌다.

기대는 여전히 기뻤지만,
내 자유로움의 일부가
제한된 것 같았다.

나는 마구잡이로
행동할 수 없었고,

어떤 때에는 멋대로
질문조차 할 수 없었다.

의문이 들었다.

기대는 내가 원하는 보상을 주는가?
기대가 보상인가?

답할 수 없었다.

확실한 기대가
어떤 의욕을
일으키기는 했다.

하지만 내가
일어서고 싶었던 것이 맞는지

정확히 짚을 수 없도록
마음을 흐리고는 했다.

그러나 기대로 주어지는 관심을
포기할 수는 없었다.
나는 여전히 관심받고 싶었다.
그때 나의 공식은
관심이 곧 사랑이었으므로,

나는 사랑받고 싶었다.

기대가 희망의 공유라면,
왜 늘 애쓰는 것은 나일까?

그러다 선생님을 크게
실망시킨 일이 생겼다.

기대,
실망,
포기,

선생님은 그런 말로
나를 꾸짖었다.

기대는 끝난 걸까?

무섭고 많이 슬펐다.

그리고 조금 후련했다.

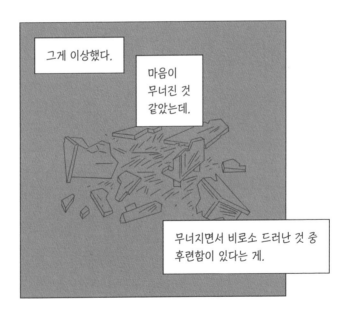

그게 이상했다.

마음이
무너진 것
같았는데.

무너지면서 비로소 드러난 것 중
후련함이 있다는 게.

기대에 무관했다면 어땠을까?

아주 엇나갈 수도 있고
지금보다는 천진할 수도
있었을 것 같다.

기대를 구하느라 기대 밖의 가능성들을
잃어버린 것이 조금 아쉽기도 하다.

아는 것이 그뿐이어서
기대와 관심을 구했지만
나는 한없는 긍정의 바라봄,

호기심 어린
부드러운 눈빛,

그렇게 사랑이
주어지기를
바랐던 것 같다.

이해와
신뢰가
필요했다.

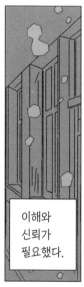

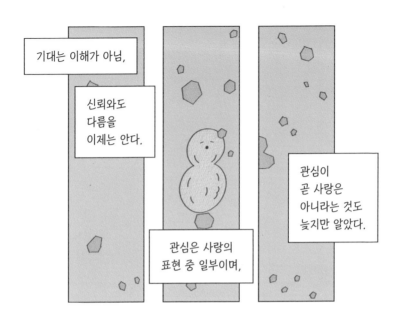

기대는 이해가 아님,

신뢰와도
다름을
이제는 안다.

관심이
곧 사랑은
아니라는 것도
늦지만 알았다.

관심은 사랑의
표현 중 일부이며,

지금의 나는
기대에 부응하기도,
어긋나기도 한다.

어긋나는 일은 여전히 두렵지만
내가 예상할 수 없었던 사랑을 주었다.

기대는 없을 수 없다.

나는 나에게 기대하기 때문이다.

그리고 나는 대부분
기대의 선량함을 믿는다.

그러니 기대를 주고받기는
계속할 것이다.

이제 나는
기대보다는
사랑하기를,

기대한다.

절망이 드리워본 적 있는 사람 알지.

아주 멀리서 온다고 생각했는데
눈을 감고 내달린 듯

순식간에 머리 위를 덮치는
그림자에 대하여

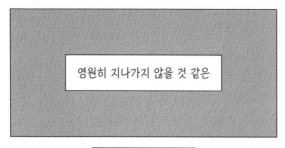

영원히 지나가지 않을 것 같은

그 검정에 대하여.

섣부른 것은 기억이다.
검정의 기억 뒤로

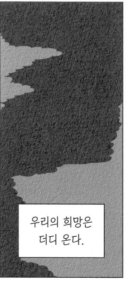

우리의 희망은
더디 온다.

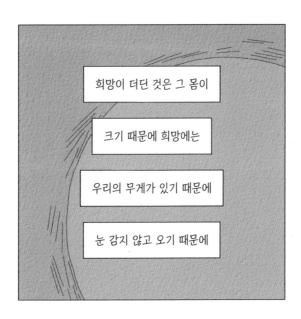

희망이 더딘 것은 그 몸이

크기 때문에 희망에는

우리의 무게가 있기 때문에

눈 감지 않고 오기 때문에

희망은 희망하며 온다.
그러니 있어보자.
우리 있어보자.

나는
힘이 있다.

힘을 가져본
일에 대하여
우리 자주

생각하자.
있잖아.
우리.

잊지 말아.

우리는 살아본 적 있는 몸과 마음이다.

살아서 남은 힘을 가진 사람이다.
희망은 희망하며 온다.

마음이 힘든데 왜 힘든지 모르겠다.

영문을 모르고 그냥 누웠다.

숨이 부풀다 꺼진다.

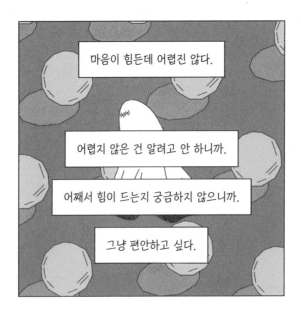

마음이 힘든데 어렵진 않다.

어렵지 않은 건 알려고 안 하니까.

어째서 힘이 드는지 궁금하지 않으니까.

그냥 편안하고 싶다.

무언가 서서히
시들고 있었을지도.

눈치를 못 챘던 걸지도.

그렇다면 그것이
다행일지도.

나는 그렇게 생각했어.

지금의 좋음이 언젠가
나쁨이 되더라도

좋음을 이야기하는 일에
망설이지 않기로.

반대도 마찬가지다.

지금의 나쁨이 언젠가
좋음이 되더라도

지금의 묻혀 있음을
기록하겠다고.

캄캄함.

숙숙한 흙냄새와 툭툭

눈 없는 동물들이 헤집어오던 때의 막막함.

그러나 전혀 막연하지 않고 너무나 분명히
내 것이던 슬픔에 관하여.

내가 지금과 다르게 되더라도
모든 달라짐이 기쁨을 가져다주지 않고
모든 달라짐이 슬픔을 끌어오지 않는다는 것을

생각해.

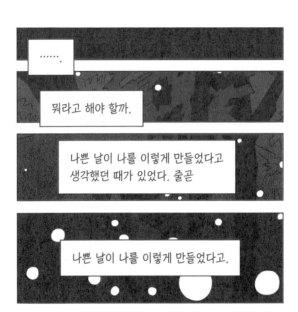

…….

뭐라고 해야 할까.

나쁜 날이 나를 이렇게 만들었다고
생각했던 때가 있었다. 줄곧

나쁜 날이 나를 이렇게 만들었다고.

두들기듯

그런 어찌할 수 없는 힘으로.

항상은 될 수 없겠지.
매번은 힘들겠지.

언제나 의식할 수 없더라도
언젠가 분명히 지각하는
그런 좋은 날이 이 몸에, 마음에 있다.

있다.

그게 안심이 됐다.

그것을 비로소
느끼게 됐다는 것이
역시 올해 중에
몹시 좋았다.

…….

뭐라고 해야 할까.

있다는 것이.

좋은 날이 있다.

붙들리듯.

그런 어찌할 수 없는 힘으로.

보고 싶다.

보고 있어도
보고 싶을 때 있어.

본 적 없는데도
보고 싶고.

왜일까 했지.

내 사랑의
강렬한 경험이
그리움인 것 같다.

사랑의 수많은
속성 중에
그리움은 이해하고
배운 것 같다.

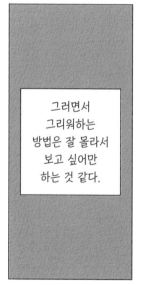

그러면서
그리워하는
방법은 잘 몰라서
보고 싶어만
하는 것 같다.

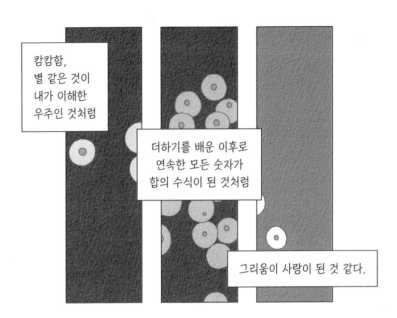

캄캄함,
별 같은 것이
내가 이해한
우주인 것처럼

더하기를 배운 이후로
연속한 모든 숫자가
합의 수식이 된 것처럼

그리움이 사랑이 된 것 같다.

이해를 더 하게 되면
더 잘 알게 되면
다른 방식으로
사랑을 하게 될까.

근데 그건 또
나름대로
슬프게 될 것 같다.

슬픔을 떠올리는 것은
내가 사랑에
슬퍼본 적이 있어서 같다.

사랑의 슬픔을 이해하고
배워본 적 있는 것 같다.

은둔 고수 하고 싶다.

은둔이랑 고수 둘 중에 하나만 해도 좋겠다.

은둔은

아무도 나를 모르는 곳으로 여행을 가자.

아무도 내 말을 알아들을 수 없고

나도 그들을 굳이 알려 하지 않고

서로가 듣지 않는 여행을.

친구들이
나를 잘 모르는 때에

나를 잘 모르는 말을 하고

그런 나를
잘 모르는 데에서 오는
안도감이 있었어.

내가 다른 사람이
되지 않더라도

도망가볼 수 있는

그런 여행같이….

그런데 그건 좀 그렇지.

나를 모른다고
젠체하는 것은 우습고

친구들에게 미안하고

사실은 나를 알고 있으면서
모르는 척해주는 다정일 수도 있고

여행객이므로
친절하는 것이고

…….

근데 그런 것조차 알려고도
알리려고도 하지 않는…

…….

나는 용서가 필요한 것 같다.

고수는

도망가지 않아도 되는 고수와

도망가기의 고수 중 무엇이 되어서

반드시 돌아오거나

돌아오지 않고 싶어요.

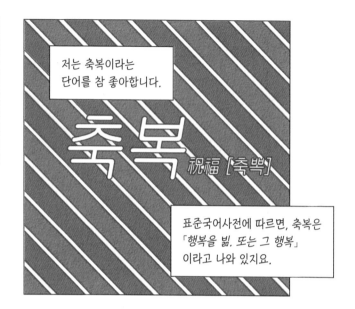

사랑하는 이들의
얼굴이 떠오르고

그 모든 얼굴이
밝고 환한 모습인 것이
좋습니다.

사랑을 이야기하기에
조금 어려운 나여도

"메리 크리스마스"는

크리스마스의
행복을
빈다는 말은

슬쩍 흘려보는 고백처럼
건넬 수 있다는 것이
좋습니다.

크리스마스에는 축복을        (319)

사랑을 꼭 정하기
어려운 나여도

모두에게

푹푹 내리는 눈처럼

어쩌면 닿아볼 수 있는

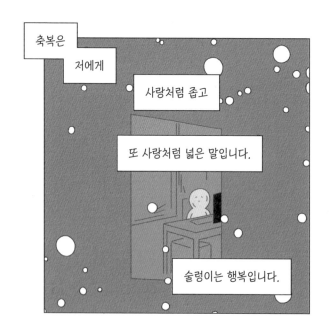

축복은

저에게

사랑처럼 좁고

또 사랑처럼 넓은 말입니다.

술렁이는 행복입니다.

행복이 좋은 것이라면

반드시 행복하세요.

메리 크리스마스,
나의 사랑하는 친구에

축복을.

......
12월 31일.

우리는 왜 종말처럼 서로의 얼굴을 확인하고
탄생처럼 케이크를 먹을까?

어제는 브너를 만났고 만남 길에
조각 케이크 두 개 대신
둥그런 케이크를 샀다.

초는

스물세 개예요,
그랬다.

브너는

왜 2023개가 아니니?

그랬고

2023개의 초를
전부 꽂는 상상을 하다가
왁 웃어버렸다.

있잖아 브너야

우리가 스물셋의
불을 끄고
그러고 나서
초 한 개를 빼고
다시 불을
붙여도 될까?

역시 초를 스물두 개 받아야 했는지
스물세 개 받아야 했는지 잘 모르겠다.

봄을 기다리는
사람들이 있어.

그러면 나는
겨울이 자꾸
생각이 난다.

그런데 내가 주춤주춤 자꾸 돌아보면

이리로 오라고 말은 못 하고
물끄러미 쳐다만 보는

앞선 얼굴이 희게 떠오른다.

체육복 앞자락을 늘려
헌 공을 담고
그래도 가지고 갈 수는 없어서

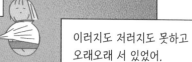

이러지도 저러지도 못하고
오래오래 서 있었어.

영원히 오지도 가지도 못 하고
나는 이렇게 살아가게 될 것 같다.

나는 앨범을 보면
슬퍼지는 사람.

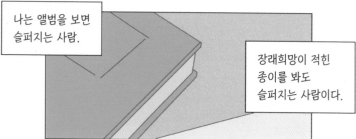

장래희망이 적힌
종이를 봐도
슬퍼지는 사람이다.

아마도 나에게
앞뜰과 뒷동산이
모두 있어 그런 것 같다.

복은 참 좋다.

축복과
행복과
사랑은
참 좋다.

복을
둔다고 하지.

주머니에
담는다고 하지.

그렇다면
앞뜰과 뒷동산 모두에

담아둘 수 있겠다.

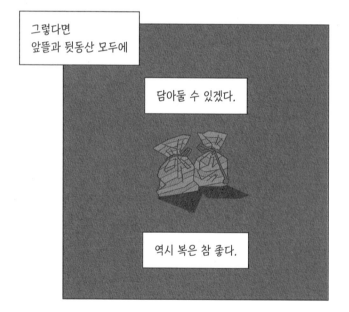

역시 복은 참 좋다.

12월 31일.

종말처럼 서로의 얼굴을 확인하고
탄생처럼 케이크를 먹으며

모두의 앞뜰과 뒷동산에

앞뜰과 뒷동산의 모두에

축복을.

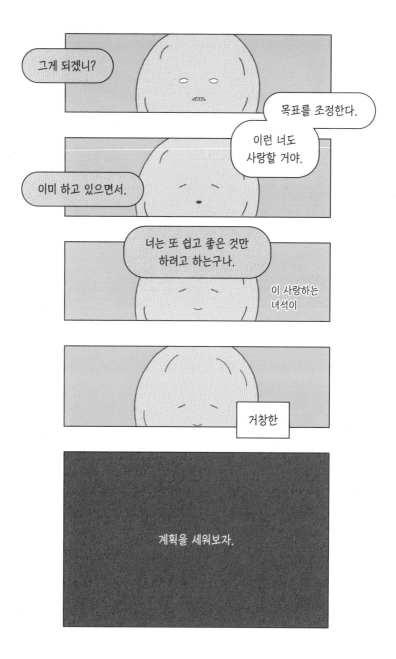

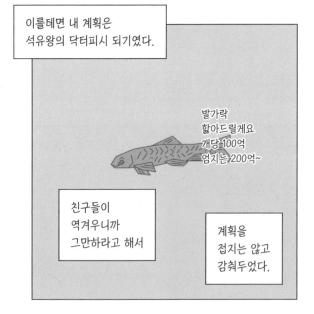

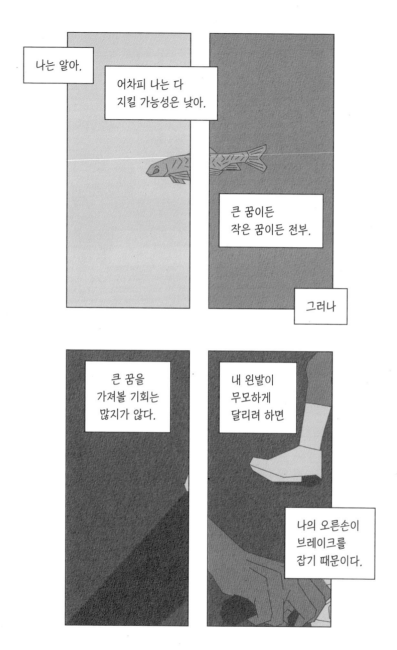

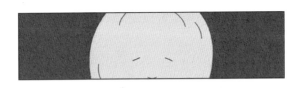

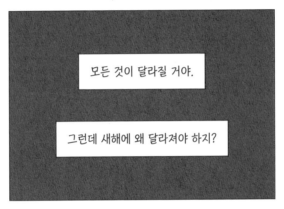

모든 것이 달라질 거야.

그런데 새해에 왜 달라져야 하지?

그래도 달라진다는 다짐은 좋다.

특히 다시 태어난다는 다짐은
정말 좋은 것 같다.

다시 태어나기 전까지는
엉망진창 시궁창으로 살 수 있다.
(어차피 다시 태어날 거니까)

연말이면 적당히 해가 며칠 안 남아서
주변에서 참아주는 것도 마음에 든다.

바보.

다시 태어날 수는 없어.

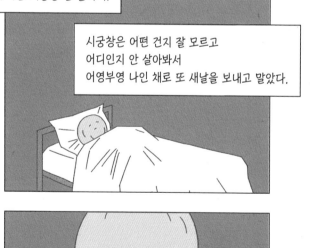

그런데 나는 시궁창 잘 몰라서.

시궁창은 어떤 건지 잘 모르고
어디인지 안 살아봐서
어영부영 나인 채로 또 새날을 보내고 말았다.

새 마음
같은 것은

새 계획
같은 것은

반드시 필요한 것
같지는 않지만

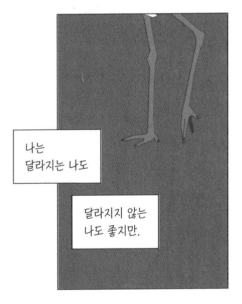

나는
달라지는 나도

달라지지 않는
나도 좋지만.

······.

황새가 나타나는 일은 없었다.
(당연하다)

?

그러나
여러 번
황새를
부르면서

결국엔
목적지에
다다르게
됐고

때로는
엉뚱하게 바라보는 일이,

말도 안 되는 바람을
가져보는 일이
실제 힘이 되어주기도
하는구나 생각했다.

황새야
도와줘!

황새야─!

무엇이 달라지지요?

마음이 달라져요.

새해가 되면은요.

**땅콩일기 ❸**

1판 1쇄 펴냄 2024년 2월 28일

지은이 쩡찌
펴낸이 손문경
편집 송승언, 서윤후
디자인 정유경, 한유미

펴낸곳 아침달
출판등록 제2013-000289호
주소 04029 서울시 마포구 양화로7길 83, 5층
전화 02-3446-5238
팩스 02-3446-5208
전자우편 achimdalbooks@gmail.com

ISBN 979-11-89467-97-5 03810

* 책값은 뒤표지에 있습니다.